まだ、うまく眠れない

石田月美

プロローグ

朝、眼が覚める。クリアに動く頭を感じた瞬間にでろりとした何かが侵食してくるのがわかる。青空が広がる窓の外と自分の体感の乖離《かいり》に嫌気がさし布団に潜り込みたくなるが、そうやって今までどれほど多くのものを失ったのか考える方が苦痛で、這いつくばりキッチンに立つ。

冷え切ったリビング。冷え切ったキッチン。オートマティックに朝食の準備をし、子どもたちと夫が起きてきてようやく熱を取り戻した部屋の中、私は家族の世話に没頭してでろりとした何かから気を逸《そ》らす。まだ小学生の娘と保育園児の息子のケアは私の存在を丸ごと消費するほど手がかかり、消費され切っていることに安堵《あんど》する。

会社、学校、保育園。みながみな、行くべきところへ行ってしまい私はまた熱を失った部屋を掃除しながらどこかで聞いた歌を口ずさむ。「来る日も来る日も万事快調」。そう、万事快調なはずなのだ。昔に比べれば、私は、完璧に、万事快調である。

＊

現在40歳の私は約20年前、19歳のときから精神科に通い始めた。病名はウツだった。大学が決まりひとり暮らしの部屋を手に入れたさなか、ウツになり布団を被ったまま動けなくなった。気が緩んだのだと思う。それまでの私は高校を中退し家出をしあてどなく彷徨《さまよ》うティーンエイジャーだった。その日の宿の確保や18歳未満でも働ける職を探すことだけに精一杯だった。もっと前の私はアルコール依存症の父からの暴力と同時に過干渉な母の愛情に塗《まみ》れ実家でうずくまっていた。もっともっと前の私は知人からの性虐待を隠すのに必死だった。緊張している感覚も失うような張り詰めた日々がほどけ、私はやっと病気になった。

大学を中退し実家に戻り、ひたすら精神科に通った。そこしか行くべき場所はなく、あっという間に10年近くが経った。私を表すものは病名でしかなく、そのことが病気そのものよりも苦痛だった。何か役割が欲しかった。それで婚活を経て結婚した。不妊治療を経て出産もした。けれど病気はずっとついて回った。精神科に通い続けて20年。ウツ、摂食障害、対人恐怖、依存症……。重い鞄を抱えて歩く人のようにたくさんの精神疾患を抱えながら暮らしている。鞄を置くことさえできれば私はもっと遠くまで軽やかに歩いてゆけるのに。そう願いながらも頻繁に寝込み倒れる私こそがこの家のお荷物じゃないかとも思う。なんとかこなす家事や育児が、私がここにいることをゆるしている。どこか行くあてなどないのだし、片付いた部屋と文句なしに愛おしい子どもたち。上等だ。なのに。

呼吸が浅くなる。怖くて怖くて堪らない。掃除を終え、顔を洗う。今朝も夫と眼が合わないままだったなんて考えそうになりゴシゴシと肝斑《かんぱん》まみれの肌をタオルで拭う。大丈夫。そんなもんだ。大したことではない。

起床してから初めて椅子に腰掛け、パソコンを開く。「子どもが小さいので打ち合わせは平日の昼間のみで……」。ただでさえ少ない仕事を自分から減らすような返信を打ち込む。

＊

4年前に物書きになった。講演会でたまたま出会った編集者に「何か書いてみませんか」と声をかけてもらい、『ウツ婚!!』という本を書き出版した。精神疾患を抱えた女性が婚活を通じて社会とつながるためのスキルとテクニックを綴《つづ》った本。患者でしかなかった私が、患者以外の存在になるため実際に行ったことを詰め込んだその本は意外に好評で、漫画化もされた。文章の依頼がポツリポツリとくるようになり、専業主婦だった私は書く仕事を手に入れた。エッセイに書評、その他諸々。

上手くいっている。恵まれている。大丈夫。私は、絶対、大丈夫。そう自分に言い聞かせるたび吐き気がする。通院している精神科の診察日を確認し、私を病名でしか解釈しない医者の顔を思い出して歯痒《はがゆ》くなる。私は病気だけれど病気は私ではない。このでろりとした何かを、「希死念慮《きしねんりょ》」だとか「抑うつ」だとか「認知の歪《ゆが》み」だとか「先読み不安」だとか。そんな解釈で楽になれるのなら私は文章を書く必要なんてない。大きなくくりに回収され得ない物語を、私の物語を、書くべきだった。なかったことにしようと押し込んで溢れ出てきてしまった物語を。

＊

パソコンを閉じ、スーパーに行く。保育園のお迎え時間が迫る。自宅、スーパー、保育園。この三角形を私はぐるぐる回遊する。ぐるぐるぐるぐる回って溶けて、バターになって消え失せてしまえばいい。甘美な失墜の誘惑に抗《あらが》いながら夕飯の材料をカゴの中に放り込む。大丈夫。まだ大丈夫。わけもわからず放り込む。一体私は何を得ようとしていたのだっけ。

まだ、うまく眠れない

モテ

「モテてきたでしょう?」と聞かれたら、「ええ。幼い頃からモテ散らかしてきました。人の一生分はモテてきたので、あとは余生だと思って過ごしております」と答えている。
事実、私はよくモテた。小学校の通知表には「いつも男子たちを引き連れ」なんて書かれていたし、中学の頃はまだデートの作法を知らない男子の間で「どうやら映画に行くらしい」というマニュアルが流布《るふ》したせいで私は当時流行《はや》っていた『タイタニック』をすべて違う男の子と7回も見る羽目になり名作の興行収入に貢献した。

しかし人間四十路《よそじ》にもなれば、自分がモテてきたか否かのみならず、そのモテがどういうモテなのかも理解するものだ。私のモテは初対面がピークである。そりゃあもう、めっちゃモテる。周囲を蹴散らし薙《な》ぎ倒すほどにモテる。私は美人でノリが良く華がある。結構イイ奴だとも思う。けれど、しばらく私と時間を過ごせばわかってしまうのだ。まぁ化粧上手いんだなとか、ノリが良いっていうより自意識の洪水でダムが決壊しその中をもがいてるだけじゃんとか、華々しさの作る影の方がデカくて影っていうか闇じゃねーかとか。

それで大体の男性はきびすを返して遠巻きに見るに留める。見守ってくれる人たちこそイイ奴で、ほとんどの男性は闇に捕まる前にダッシュで逃げた。そういえば高校の入学式で五人の男子生徒に告白されたけれど、誰と付き合おうか悩んでいるうちに私の内面がバレ、全員から告白を撤回され、うち二人からは「俺が告白したことを誰にも言わないで欲しい」と懇願されたっけ。

だから私は告白された回数は数知れぬが、お付き合いに至った男性に振られたことこそあれ振ったことはない。大体皆さん、「僕じゃ月美さんを幸せにできない」という「手に余る」の婉曲表現であとずさりしながら去って行った。

こんな経験を重ねていると、自分はガワがモテるだけで性格とか人格とかは相当ヤバいらしいということくらいは理解するのであって、その理解はますます私のノリを良くさせた。つまり周りが期待している振る舞いを敏感に察知しそれに合わせるのである。なので私は下戸《げこ》なくせに飲み会で重宝されるようになった。大学入学直後から広告代理店の、向こうにとってみれば接待の一環である合コンには必ず呼ばれ、接待相手のキー局プロデューサーなどに人身御供《ひとみごくう》のように差し出され、タクシーからアクション俳優よろしく飛び逃げたりもした。今で言う「港区女子」の走りみたいな生活は私のガワモテ意識を加速させ、何にでもキャビアやトリュフをかける料理の味や、人狼ゲームで使うインペリアルスイートの広さ、南の島での「from this to this」みたいな買い物の仕方とか、下品な無駄知識を教えてくれたけど、私がやらせないと判明するとすぐ交代させられた。いわゆるヤンキー文化圏で思春期を送った私には「彼氏以外と淫《みだ》らなことをしたらフルボッコ」という教えが刻まれていたし、パイセンたちには「やらせない方がモテる」と習っていたのだ。押忍！　と、教えを守っていたけれど港区ではそれってノリが悪いことになるらしく、私はすぐクビになりもっと若くて綺麗な子たちが瞬時に取って代わった。代わりはわんさか溢れるほどいた。そりゃそうだよねとも、そりゃないよとも思った。つい最近も知人から、「月美はやれそうでやれないから全然ダメ。やれなさそうでやれるが一番良い」と言われ苦笑してしまう。とにかく当時の私は「誰か〜！　私の中身も受け入れて〜！」とノリに流されるよりとめどない自意識の洪水で溺れかけていた。幼かったのだ。今と何が違うのか自分でもよくわからないが。

結局私は大学にも行かず飲み会ばかりしてウツになった。キラキラ女子ライフが私には合わなかったのだと思う。下戸な私はあの煌《きら》びやかな日々をシラフで送るのに疲れ果てた。私は長らく引きこもって大学も退学し精神科に通うニートとなった。キラキラ女子友だちからは連絡も来なかった。

それから私は一念発起、婚活して結婚する。夫のことは勇者だと言わざるを得ない。私はとてもよくモテたけれど、それはあくまで観賞用で、既にトウが立って色褪《あ》せた沙羅双樹《さらそうじゅ》だったから。しかもだいぶ癖の強い沙羅双樹だ。誰も私のことを引き受けようなんてしなかったのに夫は籍を入れてくれた。私の母が結婚の挨拶に来た夫に、「返品不可です」と釘を刺したのもうなずける。まるでヤクザが無理やり売りつける鉢植えのような扱いで、私は夫のもとに納品された。

モテ散らかした私はこれでようやく収まるところに収まり平穏無事な日々が訪れるのだと思っていた。誰かからの承認を求めて足掻《あが》き続けることも、男性から獲物のようにジャッジされた挙句仕舞われもせず逃げられることも、全部終わってゆるふわ主婦ライフが始まるのだと期待した。が、前者は私により後者は一部の男性により砕け散る。不倫のお誘いが激増したのである。

「ガワモテ＋既婚」というのは、ある種の男性たちにとって一番都合の良いスペックであるらしく、お互い様であれば口をつぐむだろう、家人の居る夜や週末は連絡して来ないだろうと考えた本命のいる遊びたい男性たちがこぞって私を誘った。嬉しいはずがない。ナメんなよ、と。なにが「ヒルトンホテルでランチでも」だ。ランチ価格でお得って、お前はご褒美主婦か。「営業の合間にちょっと抜け出すんで」って、私をサボリーマンのネカフェ代わりにするんじゃない。某私大の哲学科教授に「僕、真理の探究が……したいんです！」とハプニングバーに連れ込まれそうになったこともあったけれど、そんな『SLAM DUNK』の三井君ばりに溜めて言われても。真理にも井上雄彦にも謝れ。

周りを見渡すと結構みんな不倫していた。私の観測では日本で最もお手軽な恋愛（モドキ）は不倫だ。別に他人がする分には勝手にすればいいと本気で思う。でも私は倫理や道徳や貞操観念の介在する以前に「ダセェ」からしない。幼い頃からモテ散らかしてきた自負があるので、そんなＬＩＮＥスタンプ一つ「ＯＫ♥」とでも押せばすぐ始められるようなガワモテに今更興味がない。そんな訳で結婚して13年間、私は無事故無違反だ。さすが、『池袋ウエストゲートパーク』（ＩＷＧＰ）で窪塚洋介扮するキングに「悪いことすんなって言ってんじゃないの。ダサいことすんなって言ってんの」と教えられて育った世代である。ヤンキー文化は色々救う。

ただ、モテてきたことの後遺症がある。これはモテてきた女性や現在モテている女性への注意喚起として老婆心ながら伝えておきたい。私は若い頃にチヤホヤされ過ぎたせいで「自分の好意は喜ばれるはず」と勘違いしている節がある。

以前、敬愛する先輩作家とご一緒したときだ。私は緊張してその作家先生と全く喋れなかった。それでも存在感だけはある私はパーティー会場の片隅で場を沸かしていた。その後、喋れなかったことが悔やまれ私は作家先生にＳＮＳでＤＭを送ったのだ。「ご著書拝読しております。私にとって先生はあまりにも魅力的で近づくことすら出来ませんでした」。今なら全力で自分にビンタして送信ボタンを押させない。その作家先生の返信はこうだった。「ご連絡恐れ入ります。拙著もお読み頂きありがとうございます。どうか、今の距離を保たれてください」

やってしまった……。私は結構長いこと落ち込んだ。これじゃ若い頃にならしたセクハラオヤジそのものじゃないか。喋ってもいない、関係ほぼゼロの人間から急に「魅力的ですね」とメールが来るのだ。恐過ぎる。そりゃ恐れ入りますだ。事案待ったなし。作家先生の寛大さから私は事なきを得たが、気を付けようと肝に銘じた。「いつまでもあると思うな男ウケ、そのときめきはハラスメント」。モテてきた女の標語としてこれから掲げていこうと思う。

しかし私はまだ足掻いている。誰かからの承認を求めて。衰え代えがきくガワなんてどうでもいい。私は私であることを受け入れられたい、認められたい。まだそう願わずにはいられない。だって叶ったことがないのだから。モテ散らかしてきたなんて勘違いかと疑うほどに渇望している。私は私の魂みたいなものにイイネを押してもらいたい。そう願って今日も文章を書き綴る。モテたい。四十路の主婦がまだそんなことを言っているのかと呆れられそうで、私も半ば自分に呆れてはいるのだが、そんなことが言えるようになったのだ。「女性がモテるとは男性から性的対象として認められること」という時代がようやく終わりに向かい、女性は選ばれるだけの存在ではなく、性的指向は異性だけではなく、恋愛なんてしてもしなくてもよく、家庭に閉じ込められることなく社会で認められたいと願ってもよく、性愛に回収されないモテを求めていい時代がようやくきたから言えるのだ。余生だと思っていたけどやっぱりモテたい。

だが夫にしてみれば、「コッソリ不倫」の方がどれだけマシだっただろう。ある日突然、「編集さんに声をかけられたから、私、本を書くね！　もちろん、あなたのことも！」と告げられた夫の不安と不満はいかほどか。夫は妻が自費出版ビジネスに捕まっていないことを確認したのち、「好きにしたらええ」と許諾してくれた。匙《さじ》を投げたと言った方が正しいかもしれない。

もしも私の文章に惚れてくれる人がいたら、それこそが私の欲しかったモテそのものだ。「月美さんの文章はいい」。これほど目眩《めまい》をおぼえる甘い文句を私は他に知らない。

美人

いまや、女性の美醜についての言説は一つしかない。「すべての女性は美しい」。あとは沈黙するのみである。

何故そんな極端なことを言えるのか、我が身を切りながら説明しよう。まず、私は世の中に美人と不美人がいると思っている。既にSNSがざわつき始める頃だ。次に、私は美人だ。もうクソリプが付き著者近影が晒《さら》されるのが目に浮かぶ。そして、私は美人として得をしてきた。炎上必至。読者の方もこの本を破り捨てたくなったと思うが、せっかく買ったのだから最後まで読んでから中古屋に売った方が良い。もう少しお付き合い願いたい。

私が事実だと思っているこれらは、すぐにいくつもの反論が浮かぶだろう。「美人の定義はなんだ」とか「お前ごときは美人ではない」とか「美人にだって苦悩はある」とか。今浮かんだすべての反論が、皆が冒頭の言説に沈黙する理由だ。

ならば何故私は自分の好感度をダダ下がりさせてまでこんなことを言うかというと、残された唯一の言説「すべての女性は美しい」というのがあまりに残酷過ぎるからだ。世の中に美人と不美人がいると思っている私からすれば、「すべての女性は美しい」というのは欺瞞《ぎまん》でしかない。しかも美容業界や意地悪な男性たちにとって都合の良い欺瞞だ。もしも「すべての女性が美しい」のであれば、自分を不美人だと思ってしまうのは端的に言って努力不足ということになる。世の中にはメイクやファッション、仕草、立ち振る舞いに至るまで美しくなる情報に溢れている。美容整形という手だってある。それなのに不美人のままでいるのは自己責任なのだ。もはや自分のことを不美人だと思う、その心が醜いのだと言わんばかりである。一部の意地悪な男性たちも己の差別意識を隠せる。隠蔽《いんぺい》した上で更に不美人を馬鹿に出来る。もうちょっと容姿に気を使えば良いのに、なんて面と向かって言ってくる輩《やから》もいる。美人への終わりなき努力地獄へようこそ。だから私は、「すべての女性は美しい」など残酷な欺瞞だと思う。

先日、新宿で友人とお茶をしていた。その友人は3回目の結婚を控えておりパートナーとも円満だが自分の会社の経営が忙し過ぎて入籍日が決まらないと、私の人生5回分くらいの充実した日々を愚痴っていた。ちなみに、その友人は私より身長が低く2倍くらいの体重があり30倍くらいコミュニケーション能力が高い。そして不美人である。

私は彼女の濃すぎる毎日に圧倒され「私なんかさ、毎日毎日自宅で原稿書いてるだけじゃん？　一週間くらい鏡見ないなんて平気であるし家族以外の人に会ったのだって今日が一ヶ月ぶりだよ。もう自分の美醜とかどうでもよくなるよね」と愚痴った。すると彼女は首を振ったあとハッキリ言ったのだ。「あんたね、それはあんたが美人だから下駄履いてんだよ。あたしだって経営者だからほとんど会社に顔出さないしオンラインで銀行に融資申し込んで納品の手配してずっと部屋着のまま一日終わるよ。でもね、ブスはたった一人でいても、あー自分ブスだなーって思い続けてるの。『咳をしてもブス』。そんな感じ」。

私はこの自虐と哀愁のはざまに生まれた自由律俳句に感嘆し、思わず彼女を抱きしめ「それ、書いても良い？」と聞いていた。我ながらサイテーである。

「咳をしてもブス」。すごい。それに比べれば私が美人だから受けてきた、誤解や嫉妬に人間関係のトラブルなんてとるに足らないんじゃないかと思えてくる。もちろん人の苦悩に優劣はないし比べるものではないのだけれど、嗚呼《ああ》咳をしても美人、と悲嘆に暮れたことはない。それだけで相当下駄を履いていると思う。

ただ、得をしてきたからこそちょっとわかることがある。美人であることによる得は大体においてめちゃくちゃ下らないってことだ。若いときは美醜というものが圧倒的なパワーを持っているように思えた。どんなに親から「うちの子って世界一可愛い！」と育てられようと小学生くらいになればなんとなく自分の美醜レベルはわかってきて、それによって周囲から受ける扱いが違うことだってあった。若いときは振り返る後ろもないし立ち止まる余裕もないから美醜は圧倒的なパワーであるかのように錯覚したし、その嵐の中にいるしかなかった。

しかし年齢を重ねると、老けるから美の第一線から退かなければならなくなるということもあるが、それ以上に振り返る後ろがあり現在に立ち止まる余裕が出てくる。そうなると美人であることの得は瑣末《さまつ》で下らなくなってくる。これは若かりし頃の得がたいしたことなかったというのではない。そうではなくて、大人になると美醜なんかよりもっともっと大事なことが増えて、そっちで勝負しなければならなくなるということだ。モデルや女優などの美を職業にしている人々ですら演技の上手さや私服のセンスの良さ、生活の丁寧さなどが求められる時代だ。いわんや、我々をや。

いい大人になって、いまだ「美人＝魅力的」であると思っているやつはただの阿呆だ。だから阿呆の言うことは気にしなくていい。ほとんどの大人は、「あなたはどんな人生を送ってきて、今どんなことをしているか、あなたはどんな人か」を問題にする。大人になってからの方が人生は長く、美人だけでやっていけるほど甘くないし不美人だけで苦悩するほど退屈でもない。人生を歩む上で自分の武器が美人一本槍だとツラい。正直言ってかなりみじめだ。私はそんな思い悩む美人をたくさん見てきた。彼女たちに「美人なんだから良いじゃん」とでも言おうものなら口を揃えて「私より美人なんていくらでもいる」と言う。そして悲しいことにそれも事実なのだ。

大人になって魅力的な人というのは何かがある。仕事だったり人柄だったり考え方、その他諸々。そこにプラスαで美醜が加わる。美醜は職業にでもしない限り、その魅力的な何かにはなり得ない。美醜で勝負するならともかく、多くの人はそんな場所にいない。更に言えば、知り合いの映画監督が「美人って一本の映画に一役だから、そこに似たような美人が殺到するわけでしょ。映画に出たいなら美人の役以外の方がたくさんあるんだから美人にならない方が役者として仕事あるし磨かれるよ」とも言っていた。美醜の現場でもそうであるなら、いわんや。

美人になりたければなれば良いと思う。美容業界は日々その宣伝に勤《いそ》しんでいる。自分を美しいと思えることは日々を明るくする。その通りだろう。若い頃に美醜で受けた差別は大人になってからも暗い影を落とす。そうだと思う。しかし大人になるというのはそんなことで悩んでいられるほど甘くない。「美人なんですね。わかりました。それで?」の世界だ。それに自分の顔を好きでいようがいまいが毎日は続く。好きになりたかったらなれば良いけど、なれない人にすべての女性は美しいんだから好きになれるよう頑張れというのは大きなお世話だ。そんなことより大事なことはいくらでもあるんだから放っておいて欲しい。ちなみに私は自分のことを美人だと思っているが自分の顔が好きじゃない。放っておいて欲しい。

私は言葉を生業《なりわい》にしているので美人だと褒《ほ》められるより文章を褒められた方がずっと嬉しい。魅力的な言葉に出会うたび感嘆し、同時に悔しくもある。でも美人だから良いじゃないですか、なんて何の救いにもならない。美人の方が勝ってますよ、なんて言う阿呆はマジで気にしなくて良い。こっちは美人とかブスとかそれどころじゃないんだ。「すべての女性は美しい」。どう考えても「咳をしてもブス」の圧勝だ。

団地

中学時代の3年間、すべての時間を練馬の団地で過ごした。私の地元はあの団地である。そして、そのことに誇りを持っている。私は地元が好きだ。

両親がフランス語の通訳だったので私はフランスで生まれたが、「幼少期はマザータングを徹底させる」という教育方針のもとで育ったため日本語しか喋れず、その後ちょっとだけ住んでいたアルジェリアは市場が魚臭かった記憶しかなく、自分を帰国子女だと思ったことは微塵《みじん》もない。帰国してすぐは両親が自営の翻訳事務所を立ち上げ、港区芝にある冷蔵庫と洗濯機と母のミシンが全部同じ部屋にあるような狭いアパートで過ごした。だから「月美さんは走馬灯に絶対『塔』が出てきますね！　東京タワーかエッフェル塔！」なんて言われたこともあるのだが、きっと私の走馬灯にはゴミ処理清掃工場の細長い煙突が出てくる。練馬の団地で育てば皆が眺めた、あの煙突が。

父はドーバー海峡のトンネルの中まで出稼ぎに行ったお金で「子どものために」と、当時流行り始めていたニュータウンの一つである練馬へ転居を決め、家族は団地に引っ越した。誰もニュータウンで酒鬼薔薇聖斗《さかきばらせいと》事件が起こるなんて思いもせず、父も母も地下鉄サリン事件が起こるなんて思いもせずに地下鉄で事務所に通っていた。そんな時代の話だ。

フランスでも日本でもそれほど馴染《なじ》めていないし、保育園から登園拒否児で小学校では浮きまくっていた私は、この中学でデビューを決めようと気合いを入れた。絶対に友だちを作ってやる！　二度と休み時間に図書室に籠るまい！　と決意を胸に入学したが初日に洗礼を浴びた。「喋り方がおかしい」と忌避《きひ》されたのだ。最初は「新入生代表の言葉」なんて読んだのがいけなかったのかと思った。でも入学前、既に決まったこととして教師に呼び出され、頼まれて書いた原稿を壇上で読んだだけの私に罪も自主性もないと弁明したが、喋れば喋るほど怪訝《けげん》な顔をされた。当時の私はいわゆる「美しい日本語」を喋ってしまっていたからだ。両親は共に地方の出身でなまりがキツく、それでも言葉を生業《なりわい》にするため標準語を身に付けた。そんな両親から徹底して日本語教育を受けていた私は、本しか友だちがいなかったことも手伝って、文語体で喋っていた。それはかなり不自然な日本語で、練馬の公立中学ではほとんどガイジンだったのだ。

焦った私は周りの、私から見れば「はすっぱ」な、言葉遣いを懸命に習得した。努力の甲斐あって私の言葉遣いはどんどん「はすっぱ」になり、それに比例して周囲は私を受け入れてくれた。金髪碧眼《へきがん》の人物が流暢《りゅうちょう》な日本語を喋ると急に親近感が湧いたりするだろう。多分、そんな感じだったのだと思う。黒髪黒目の私は、ブリーチとカラーコンタクトで金髪碧眼だった「うちら」の仲間に入れてもらい、反抗期のおもむくままにどんどんグレた。楽しかった。すぐ学校には行かなくなり、教師からは不名誉なことでしか呼び出されなくなり、両親は「子どものために引っ越したのに」と嘆いたが、私は「お父さん、お母さん、ありがとう！」と思うくらいには地元を謳歌《おうか》しのびのびと反抗期を過ごした。団地にはいつでもどこでも誰かいた。言語を習得した私は身なりも習得し、どこからどう見ても「うちら」になったつもりでいた。「観光客へのおもてなし」だと全く気づかないほど幼かった。

練馬には幾つもの団地があるけれど、どれも同じに見えるそれには明確な棲《す》み分けがあり、そのことを幼児期から練馬で過ごしてきた子どもたちはよく知っている。団地は世帯収入によって棟ごとに棲み分けがなされ、格差は物理的に明確だった。公立であるということは細かくどの地域に住んでいるかで分かれるということで、それはつまり世帯収入で住む場所も行く学校も変わるということだ。私は自分に割り当てられた中学よりもっと離れた地域の団地に入り浸っていた。そっちの方が溜まり場が多かったからだ。

溜まり場にいる子たちは、なぜその部屋が溜まり場になり得るのかも、なぜあの子が平日の昼から来ているのかも、なぜあの子はいつも弟を連れているのかも、なぜあの子は日曜の午前中は遊べないのかも、みんなみんなよく知っていた。ネグレクトも、在日日系外国人二世も、ヤングケアラーも、カルト宗教も、そんな言葉誰も知らなかったけれど、それがどういうものなのかは身を以《もっ》て知っていた。そしてそのすべては「しょーがない」で散らかった部屋に埋もれていた。

私は一丁前を気取って、バイクの後ろに乗せてもらい、むせながらタバコを吸った。とっくの昔からユンボの運転をしているからバイクの運転が上手いことも、吸いたくなくても共犯にするためタバコより罪深いものを無理やり吸わされていることも、全部後からしか知らなかった。

無知な私はその無知さ故、ただただ楽しかった。自分が強くなった気もカッコよくなった気もしたし、周りはそんな私に眉をしかめたけれどそれすらも勲章のように感じ、幼くイキがって過ごした。数十年経ってからの同窓会で、「石田さん、ごめん」と謝られたことがある。「僕、学校でいじめがあったときに親や先生に『主犯格は石田さんだ』って言ったんだよね。でもさ、よく考えたら石田さんは学校にも来ていなかったし、いじめをしなかったよね」。わざわざ謝ってくれるなんて、なんて良い奴なんだと思ったけれど、結構どうでもいい。辞めた高校では「あいつは性病だ」という噂が流れていたし、母親に「あなたは望まない妊娠をするだろうから」と産婦人科まで付き添われピルを処方されたけれど私はそのとき、性虐待を除けば、全くの処女だった。誤解や偏見なんて「うちら」には当たり前で、正当な評価なんて考えたこともなく、むしろもっと誤解してください偏見に塗れてください、だから「うちら」に近寄んないでくださいって本気で思っていた。肌を焼き髪の色を抜きどこまでも長いルーズソックスをはいて、ヤマンバギャルと呼ばれた。言い得て妙。異界の存在である山姥という呼称も自ら積極的に使った。

なんら問題ない。「うちら」を違う部族だと思ってくれて差し支えない。そうです、そうです、エンコーしてクスリきめて毎晩クラブで踊ってます。だから言語も法も貨幣制度も違う、「うちら」の世界を荒らさないでください。処女の私でも当時流行っていたブルセラで靴下くらいは売りたかったけれど、長身で老け顔の私の靴下をロリコンなオジサンたちは誰も買いたがらなかった。クスリはピルを毎晩決まった時間にちゃんと飲んでいるだけで、痛み止めを飲まずとも生理痛が和らいだ。クラブでは踊り狂って、いい汗かいたと自転車で帰って寝ていた。もはやどこから何を説明すれば良いかもわからないほど言語コードが違い過ぎて、「しょーがない、しょーがない」で私も済ますようになった。

「虞犯《ぐはん》」という言葉をご存知だろうか。もしも知らなかったら調べてみて欲しい。この日本には罪を犯していなくとも罪を犯しそうな18歳未満を、施設送りにすることが可能な少年法がある。「虞犯」には様々な解釈や議論が今でも活発に行われているのでそれらは専門家に譲りたい。私はこちら側の景色だけ描こう。

ネリカン、ネンショー、キョーゴイン。ワルっぽい仲間はとっ捕まって施設に送られた。「矯正教育」のためにあるとされるその施設から出てきた仲間たちはご期待通りのワルになった。「札付きのワル」という言い回しがあるが、私の見る限り、ワルだから札がつくのではない。まず先に札が貼られる。その札は「スティグマ」とか「罪悪感」とかいうものので、貼られた仲間はその札数と同じ分だけ悪いことをした。誰に貼られるのかは幼い頃からわかっていて、世代間連鎖なんて言葉がなくとも、ショッピングモールに行けば母娘その娘と三世代が同じ場所で働いているような地元で、札は受け継がれていくようにも見えた。その家族ではなく、周囲の者たちによって。「人間なかなか変わらない」というが、それはある程度お年を召した方たちの話であり、第二次性徴期真っ只中のうちらは変わらないでいる方が難しく、どんどん変わっていった。悪い方へ、悪い方へ。

私が勲章だなんて勘違いしていた札をベタベタと貼られた者たちは、底が抜けたようにどんどん悪くなり、それに怯《おび》えて仲間たちすらもその者に札を貼った。私は自分がいじめをしないでいられたのは、その自尊心を守り通せたのは、恵まれたお育ちだっただけで、謳《うた》われないように仲間が私を遠ざけていたのも全部後から知った。尊厳を剝《は》ぎ取られた仲間たちは隠語を使い、その意味もわからぬ私から敬語を習った。ワル仲間の上下関係が滲み出ない、標準的な敬語を話せるようになるとどこかに消えた。アダム・スミスの名前も知らない者が「富の再分配」なんて言葉を覚えていた。虐《しいた》げられた者ほど大袈裟なタトゥーを入れ、もっと悪くなればタトゥーを隠した。多くが短命で、ほとんどの者は腎臓を壊した。

知らないで済ませられるようにしてもらっているだけだった。親から頻繁に「帰って来い」と叱られていた私はそれを鬱陶《うっとう》しがったけれど、Yは親に家を出禁にされ、家の窓ガラスを割って服を取りに戻っていた。Yの父親はYが家にいると警察を呼び、そのままYは連れていかれた。考えればわかるはずのことを私は知ろうとしなかった。裏手の窓ガラスを割れるのは一階だからで、「自殺の名所」と呼ばれたあの団地の一階は保護世帯で、Yの父親は半身不随の車椅子で、Yにはたくさんの兄弟がいて母親はいなかった。Yが窓ガラスを割るときに必ず先にガムテープを貼るその作法をどうやって覚えたのかも、少しでも考えればわかるはずだった。

私が公的な所属先を長く授かったのはあの公立中学だけで、関係が継続しているのは地元だけで、高校も大学も中退し、会社勤めをしたこともなく、私は毎晩地元の夢しか見ない。ユングに診断を断られそうな浅い夢しか見ない私でも、所属の重要さくらいは知っている。うちらは弱い。どれだけイキがっても圧倒的な強い力にあっという間に押しつぶされる。弱い者には団結が必要で、トライブ、ポッセ、クルー。様々な呼称で肩を寄せ合い身をすくめてうちらは過ごして来た。理不尽なんて当たり前の地元で。

最近ようやく作家仲間や編集さんが夢に出てくるようになって人間関係が増えた分、私は「しょーがない」の罪を背負うようになったと感じている。標準語を使う者から見れば、うちらの文化圏の語彙《ごい》は乏しい。そしてそれは正しい。けれど、説明出来てしまえば言葉に押し潰されそうな状況があることも事実だ。

「仲間が大きく強いものに連れていかれることへ激しい憤り《いきどお》をおぼえます。しかしいくら腹を立ててもそれは覆らず、もしもなんらかの行動を起こしてしまえば、今度は自分が連れていかれます。そのことに深い絶望と悲しみの感情を抱くけれど、その感情と共に生きるのも苦しいので諦めます。だから『しょーがない』と言います。うちらは差別されてきて、またうちらも差別をしています。自身の危機に慄《おのの》き、自分より苦境に立たされている者を見れば安堵します。大きく強いものたちから組み伏せられ、そのやり切れなさをもっと弱い者にぶつけてしまいます。人間としての誇りを失えばどんなにおそろしいこともやってしまいます。誇りを持つために必要なのは、わずかなお金です。それが最初からありません」

地元で数年間しか過ごしていない私はどんなに頑張っても結局はニッポンジンの観光客だったのかもしれない。けれど、その土地の言葉を喋り、その土地の仲間と過ごしたならば、その文化を踏み荒らすような真似はしてはならない。なるべく正確に伝わるよう描写しなければと、私は私が背負ったものを思う。

家出をしたり実家が港区に移ったり大阪に飛んだり実家で病んだり、色々あって私は地元から離れた。それでも今、年に一度は地元に帰る。残っている仲間たちと交わすのは相変わらずの「はすっぱ」な言葉だ。誰かが甘酸っぱいファーストキスの思い出を語れば「その公園、人埋まってんよ」と茶々が入り、Mは私の影響で最近本を読み始めたらしい。図書館に行って唯一知っているタイトルだったという『ギリシャ神話』を読んだMに感想を尋ねると、「ゼウス、マジ神。ヤリチンだけどマジ神」と返ってくる。私も、「K、あんたむかし、『マジ本物っぽいロキシーの店あっから!』って言ってて、私が『それは〝ロキシーの店〟じゃねー』って突っぱねたら、その店でパクってパクられて。私あん時、Kの兄ちゃんと『どうせパクられるなら本物パクらせてやりたかった』ってマジ泣いたんだけどなんなん」とか言っている。うちらは武勇伝や若気の至りにもなり得ない、しみったれたゴミみたいな悪いことをたくさんやった。どれだけ自分をゴミのように扱っても、やった自分は捨てられない。そのことだけが残った。

叫ぶように笑いながらうちらの言葉で喋り続ける。これ以上何も失わぬよう。清掃工場の煙突は、処理方法が変わったらしく、今はもうない。

グルーミング

とにかく「人間関係」というのが苦手だ。向いてない。それなのに人が好きだから困る。「自分、不器用なんで」しか言わない健さんをみんなが放っておかないのに、こんなにもみんなを求めている私が放っておかれるだなんて需要と供給が誤っている。健さんのためにも、みんな私に構ったほうがいい。

じゃあ何なら向いているのかと考えると特に何もなく、「自分、書くしかないんで」と無駄に孤高の作家っぽい感じになってしまうのだが、40年間生きてきて一番私に向いていたのは中学受験だ。小六の夏から半年間私は塾に通っており、あれほど楽しく需要と供給がマッチしていた場所はない。私の青春はあの半年間にあると思う。

小学六年生の夏休み前に「塾に通いたい」と親へ申し出た。クラスのほとんどの子が通っていて教室での話題は塾のことばかり。休み時間はみんな塾の宿題をするといういけすかない公立小学校に通っていた私は自分自身の問題を棚に上げ、「私が浮いているのは塾に行っていないからだ」と結論づけ、親に懇願した。また一人の夏休み40日間を過ごすのが嫌だったのだ。母は「受験しても私立に行かせる学費はないのに無駄では」と困惑したが、父は「ユダヤ人は不動産を持てないから動産を頭の中に持った。俺はユダヤ人を尊敬している。塾に行け」と、全く成り立っていない三段論法で私の入塾を許可した。近所にあるその小さな塾は、鞄にアルファベットが印字してあるわけでも、なんとかックスみたいな洒落《しゃれ》た名前でもなかったが、私にとって最高の環境だった。なにせ、「友だちと喋るな」とか「仲良くなるな」とか言われるのだ。学校における最重要課題、「人間関係」がここでは粗雑に扱われ、一心不乱に「勉強」だけしろと言われた。しかも所詮は小学生の「勉強」なので必ず答えがある。素晴らしい。努力をすれば必ず報われ、積極的な発言は良しとされ、空気を読む必要すらなく、問題文だけ読んでいれば良かった。私は水を得た魚のように塾の勉強に励み、めきめきと成績を上げた。両親と塾の先生しか私に声をかける者はいなかったけれど、その者たちはみんな褒めてくれた。周りが喜び、自らも嬉しく、常時やることが用意され、あんなにも自分に適した場所は今振り返っても他にない。40歳になった今でも「人との距離感がおかしい」「ガンガン行き過ぎ」とか言われるが、問題集はどれだけ強くアタックしても良かった。算数のＳＬＤ（学習障害）がある私は入塾したとき最下位のクラスだったけれど、だからこそクラスが上がっていくのも面白かった。当時は鶴亀算と食塩水濃度だけ計算できれば十分で、点Ｐは私以上に多動なので無視をした。

　中学受験は高校受験と違って内申点が加味されない。学校でどんなに上手く行っていなくともテストの点だけで合否が決まる。運動ができないことを馬鹿にされるなんて以前にバレもしなかった。塾は私のアジールだった。どうせ入学しないので学校見学にも行かず、塾の実績に貢献するためだけに受験をし、合格し、名門私立中学の名前と私の名前が張り出された花付きの札を見て「あぁ終わってしまった」と思った。中学受験とは狂気と興奮の連続で、たったの12歳がバスや電車を乗り継いで毎週末テストを受けに行き、自分に下された数字を見て一喜一憂させられ、同じ年に生まれたというだけで周りがライバルになる。今日の自分の体の変化についていくのがやっとなのに、その後の数年間をどこで過ごしたいか問いただされ、他に好きなことがあっても「合格してから」なんて人参をぶら下げられた馬の如く尻を叩かれ続ける。何もない私には本当に適していた。希望の中学校に入るという目的のための手段として存在している塾は、私にとって目的そのもので、仮目的を与えてくれる塾の存在自体に意義があった。

　結局、その後に行った公立中学でグレにグレた私は上げた成績を急降下させ今に至る。塾は私に勉強そのものの面白さを教えることもなかったし、大人になれば努力して報われることの方が少ないのだし、あの半年間、苦手な「人間関係」という問題がペンディングすることが許されていただけで、いまだその問題は重く私にのしかかる。でも学校で上手くいかず、かといって特に好きなこともない子どもだった私の数少ない幸せな思い出だ。

しかしその幸せな思い出に一つだけ違和感がある。塾の先生とのことだ。その先生は国語を担当しており私を可愛がってくれた。休み時間をほぼ図書室で過ごし、絵本作家になりたかった母から読み聞かせばかりで育った私が国語の成績が良いのは当然で、しかも祖父が書家なので漢字の部首みたいな中学受験に必要な知識にも強かった。そんな私をその先生は特別扱いし、私は「ようやく私の良さをわかってくれる人に巡り会った！」と感動した。自分にだけ出される課題も居残り授業も期待されているのだと誇らしかった。だから受験が終わっても私は未練タラタラで、ようやく買ってもらえたPHSのアドレスをわざわざ自分から塾まで出向いてその先生に教えた。先生はとても喜び頻繁にメールをくれた。私はグレたり高校を辞めたり家出をしたりとティーンエイジャーらしく忙しかったが、どんなにアドレスが変わろうとデバイスがパカパカ携帯になろうとスマホになろうと先生に返信した。

大学受験に合格した報告をすると、先生は「お祝いをしよう」と新宿の居酒屋に連れて行ってくれた。久しぶりに会った先生は何度も「本物だ。本物だ」と言い、私は「そうよ、私が本物の文学少女よ」なんて肥大した自己愛を抱える18歳だったので先生の感激に鼻が高かった。先生が飲む焼酎と同じ名前のガルシア・マルケスの小説の話をしたり、その後初めてのゴールデン街に連れて行ってもらって散策したり、文化系ってやつの香りを感じて嬉しかった。先生は「写真が趣味なんだ」と、はしゃぐ私を何枚も撮った。終電を逃した私は先生の部屋に泊まらせてもらい、参考書やプリントの束に埋もれるようにして寝、朝になりお礼を言って帰った。写真のいくつかを先生は私にメールで送ってくれ、不思議なところにピントが合ったその写真は私の「なんかアートっぽい」という雑な感想を引き出したが、メールには「椎名林檎のよう」と添えられていた。私はそのアーティストに微塵も興味がなかったけれど先生は好きだと言っていたので良かった良かった、とだけ思った。

先生はアドレスの交換をしてから毎年欠かさず私の誕生日にお祝いのメールをくれた。SNSもなかったのに必ず。私は律儀な人だな、と感謝していた。でもある年の誕生日にそのメールが届いたとき、たまたま一緒にいた姉に「ほら！　あの小学生のときの塾の先生からだよ！」と報告したら姉は「キモ」と顔を引き攣《つ》らせたのだ。いやいや、ご飯を食べに連れて行ってもらったこともあるしカッコイイ写真も撮ってくれたんだって、と私が言うと、姉は「絶対その写真でマスターベーションしてるよ。今すぐブロックしな」と青ざめながら忠告したのだ。

衝撃だった。考えたこともなかった。姉の言うことも反応もよくわからなかった。だって、何もなかった。何も、性的なことは何もなかったのだ。

別にカマトトぶるつもりはない。酷《ひど》い男の人はたくさん見てきた。散々な目にだって遭った。だからそういう人はそういうことをする酷い人で、そういうことをしない人はそういうことをしない良い人だって思っていた。

それに私は誰かと一緒に写真を撮るのが好きだ。自分のことを「記念写真マニア」だとも思っている。SNSに上げたいわけでもない。私はものすごく孤独で、だからこそ誰か好きな人に会えると嬉しくてその瞬間を保存しておきたいのだ。これからもうこんな日が来ないかもしれないから。この人と二度と会えなくなるかもしれないから。でも、そういう気持ちが重苦しいのはわかっているし、私の「人間関係は瞬間瞬間でしか捉えられない断続的なもので、喜びは感じた途端に失ってしまいそうで怖い」なんていうどうしようもなくこびりついた強迫観念はむしろ知られたくないから、いつもヘラヘラ「一緒に写真撮ってくださいー」とお願いしている。この人と関わり合えた幸せな瞬間は確かにあったのだという記念写真。私のそういう写真って希死念慮に耐えるためのお守りのようなもので、ポルノグラフィティの存在は知っているけれどどこか遠いところにあるもっと露骨なものだと思っていた。

それからも先生のメールは続いた。私の誕生日に。何かの写真に文字を載せて。その年その年で文言は違ったけれど末尾は必ず同じ言葉だった。「Forever young.」。文学好きの先生にしてはクソダサいと思ったし、私が30歳を越えてからもその末尾がつくので嫌味か皮肉か？　とすら思ったが、律儀で面倒見のいい先生でしかなかった。でも、姉の言葉が引っかかって返信をしなくなった。けれどメールは続いた。

ある日、誕生日でもないのに先生からメールが来ていた。添付された写真は私の前著。「読んでくれたんだ！」と嬉しかったのは一瞬で、そこには長い罵倒の言葉が綴られていた。要約すると「君らしくない文章だ」ということだった。私の前著は『ウツ婚!!』というタイトルで、中身は私らしさが凝縮されたような本だ。前著の担当編集さんはこのご時世に珍しい作家を見守り育てるタイプで、私に「まずどんなものでも書いてみてください」と言ってくれた。私が塾で習ったのは受験生ならお馴染みの長文読解の仕方であり、本の書き方なんてもちろん一つも習っていない。私は塾で習ったものをすべて無視し踏みつけるような文章を書き、編集さんはほとんど赤を入れずに出版してくれた。そうやって出来た本の文章が私らしくならないわけがない。

私はようやく認めなければならなかった。先生は小六の私の幻想をずっと抱き続け、18歳になってもまだ未成熟な私に喜んでいたのだ。体だけ成長した私の中身はうぶなねんねで本さえ読んでいれば良かった。そうでなくてはならなかった。もしも私が先生の家に泊まったときにキスの一つでもせがんでいれば、たちまちその幻想は崩れ連絡は途絶えていたはずだった。私はそうすれば良かったのか、そうしなくて良かったのか、よくわからない。

「子どもって意外と色々考えている」という大人は多く、私も賛同する。ただし、その前提条件に。「子どもってほとんど何も考えていない」という前提があってこそ「意外と色々考えている」という論は成り立つ。子を持った親だからこそ言うが、子どもは馬鹿だ。故に自ら加担する。加担し喜びも感じる。この馬鹿馬鹿しいほどの無邪気さを誰が責められよう。「自分が感じるままに世界はできていない」。文字にすれば自明の理であるそれを子どもは理解していない。他人の思いもよらぬ認識に触れ、自分の認識に幅を持つ。そのような学びを与えることを放棄し子どもの無邪気さにあぐらをかいて、あの残酷なまでの自分中心の世界観を褒め称え続けることは大人の罪だとすら思う。

確かに私はあの塾の中で「私の良さをわかってくれる人に巡り会った」と思った。大人になってみれば、その私の良さとは「小学六年生である」ということだった。しかし周りがみんな小学六年生だとそのことがわからない。自分が孤独で御しやすいだけなのだとは思わず自分は特別な存在なのだと感じる。「若さは美しいけれど、美しさとは若さではない」と言った人がいるがけだし名言で、付け加えれば、その美しさに無知なことが若さである。

若いというか幼かった私は、先生に褒めてもらえることが特別扱いされることが嬉しかった。補習の必要がない私に二人きりの居残り授業を命じられてもそれは名誉でしかなく、コソコソと耳打ちされることも楽しく、スポーツブラの着け方さえ塾で習ったのだ。先生といくつも秘密を共有するたび、私は選ばれたのだという自信を持った。初恋かどうかなんて考えもしないほど幼かった。私はどこまでも小学六年生だった。

先生が送ってくれた写真には私の寝姿もあった。いつの間にか撮られていたその写真を眺め、「涎垂《よだれ》れそうな顔してて恥ずかしいなぁ」としか思わなかった。還暦間近の男性が18歳の寝姿に執拗《しつよう》にシャッターを切っていても私は先生と再会した喜びだけを噛み締め眠りこけていたのだ。

両親

私は両親に愛されて育った子どもだ。その愛がどんなに歪《いびつ》でねじれていようと、両親は私を愛し懸命に育てた。それは事実である。世の中には常識的な育ちをした人間が信じられないような酷い親というのがいる。本当にいるのだ。しかし私の両親はそれではない。私はほとんどすべての親は子どもにとって毒になると思っているが、私の両親もそうだった。凡庸《ぼんよう》な親の毒々しい愛を全身に浴びて私は育った。

結婚し子どもを産むまで、私は父が非常に苦手だった。彼の価値観は時代錯誤ではあるがそれなりに納得のいくもので、「一人前になって欲しい」という彼の願いを叶えるまで私は結構苦しかった。父の期待に応えるというより、いわゆる世間体に自らがんじがらめになっていたからである。父はアルコール依存症で暴力も振るうため、「抜け出せなくてつらかったでしょう」と同情してくれる方もいるのだが、それは早合点だ。私は父の暴力や価値観から脱出すべく、10代の頃にサッサと家を出ている。そして、地元の友だちからら「鬼平犯科帳」とあだ名が付けられていた父は、我々姉弟に「悪いことをして見つかるならお父さんより警察の方がマシ」と思わせるくらいには厳しい人だったが、正直言ってそれだけなのだ。

私は父の好みの人間にはなれなかった。父は、私の子どものお食い初めの席で親戚たちが集まる中、「俺はな、月美より○○の方が好きだ。取り替えたい」と、その場にいた気遣いの塊《かたまり》のようなデキる従姉妹の名を挙げ、「今言う?」と場の者たちを凍らせたが、それぐらい率直な人だ。そりゃ少しは悲しかった。けれど田舎から出てきて自営の翻訳事務所を営む父が、過酷な海外生活でアルコール依存症になったことも、自分が大学を出ていなくて苦労したから子どもにはその思いをさせぬよう学歴偏重主義になったことも、暴力という安易で愚かな方法しか学ばず、自身の振る舞いを指し示す言葉や適切なコミュニケーションの方法を知らずにきてしまったことも、昭和の男性にはよくあることで、私は父を「絶対一緒には暮らせないが遠目に見る分には好ましい人物」だと思っている。私がキャリアウーマンになれなかったことを父は残念に思ったが、結婚し子どもを産んだことで「一人前になった」と定義し解放してくれた。なんとも時代錯誤でわかりやすい人である。反抗期にグレて帰って来なくなった私に対し父が、「誰とも一緒でなかったら心配だし、誰かと一緒にいたらそれもそれで心配だ」と嘆いたときは余りに率直な男親の心情吐露に笑ってしまった。

私は母の方が怖い。周囲の者たちから見れば母は、横暴で厳格な父を支え続け、次々と問題を起こす子どもたちに全力で味方をし、自分にお金を使わず子どもたちに何もかも捧げた献身的な女性だろう。彼女のことをイネイブラーや共依存と名付けるのは簡単で、それも間違いではないとは思うが、彼女の最大の怖ろしさはどこからどう見ても「いい人」なことだ。母は家族の誰より早く起き地域のラジオ体操に参加し、帰って来て朝食を作る。栄養バランスが整った母の手料理は子どもたち全員を物理的に成長させ、身長１５０㎝の母は残り物だけ食しながら子どもたちが自分よりも大きく育ったことの達成感を味わう。彼女は仕事をし、子育てをし、友人も多く、料理が上手く、勉強家である。子育てがいち段落してからも最低限の金銭で趣味を見出して打ち込み、何より子どもと孫を愛している。父との関係もこっちが恥ずかしくなるくらい良好だ。持病がありときどき入院するけれど、どんなときも前向きな彼女は「お母さんね、何だか死なないような気がするの」と宇野千代みたいなことを言い出す。

私は、空手黒帯の父より身長が30㎝も小さく持病を持つ母の方がずっとパワフルだと思っている。彼女は子どもに自分が出来なかったことを託すこともしなかった。彼女は「子どもを産むまでに自分がやりたいことはすべてやった」と言っており、彼女が学生時代に全共闘だったことも、転向してフランスに渡り父と駆け落ちしたことも、その言葉を裏付ける。少々その残像はあり、私たち姉弟はよく「ちひろ美術館」に連れて行かれ、宮沢賢治の作品は高橋源一郎版で読まされたので内容が違い、食卓では保守的な思想を持つ父と真っ赤な母が頻繁に討論しており、中学で化粧を覚えた私は「粛清されるわよ」と笑われた。彼女は彼女の時代を謳歌したのだ。そしてその後に彼女が謳歌したのが子育てだった。

母はどんなときも子どもを信じ子どもを肯定してきた。彼女といると居心地が良いというか、何もしなくて良くなる。料理に掃除に身支度その他。「母親は無条件で子どもを愛すべき」なんて戯言《ざれごと》もたまに聞くが、彼女の前では座っているだけで全肯定され世話を焼かれる。スポイルされた私はどんどん何も出来なくなっていく。それでも全肯定。怖い。本当に怖いことだと思う。だが、「いい人」に苦言を呈するのは難しい。自分が何もしていなければ尚更だ。夫の愚痴や子育ての苦労でも語れば、母はイキイキと共感し何時間でも話し相手になってくれる。猫舌の私にちょうどいい温度のお茶を出しながら。

父親と違って、母親のそのような怖さは自覚するのが難しい。自覚しても抜け出すのが難しい。「いつでも帰っておいで」と本気で言われるのだから。しかもその言葉には善意しかない。父に「二度と敷居を跨《また》ぐんじゃない」と言われたときの方がずっと爽快だった。私が若い頃脱出を繰り返していた時期を振り返り、母は「あなた好き勝手やってきたもんね」と言う。「お母さんはそれでもあなたを信じていたわよ」と。

当然、幼少期の子どもに私の母のような無条件の愛情を注ぎ肯定し続けるというのは、それなりに健全な感覚であると思う。親子の関係に対して使うのは不適切かもしれないが、win-winだとも思う。だが子どもは大人になる。母は子どもの物理的成長を喜んだが精神的成熟を望んでいたかというと疑問はある。「いつまでも手のかかる子ね」と言いながら嬉々《きき》として世話を焼く彼女といると私は甘い毒に浸りすぐ退行してしまう。しかも清貧の思想を持つ彼女は、例えば『風の谷のナウシカ』に出てくる「働き者のきれいな手」というセリフのようなものを好み、私が子育てに追われ自分の身の回りのことに構わなくなると、「ネイルサロンに通っていた時の月美ちゃんよりずっと綺麗よ」と褒め称える。Uber Eatsを頼もうとする私を制止し自宅に上がり込んで料理を作ってくれる。彼女は「いい人」なのだ。こっちが参ってしまっても立ち上がる必要すらなく、彼女の一人勝ちになるくらいにはパワフルでいい人なのだ。

「人の役に立つことが至上の喜び」と語る彼女に溢れ出す支配欲を見るのは私の勝手であり、彼女は私よりも人望が厚く幸福である。毒親だなんだという人たちはいるけれど、そしてそうとしか言えない親が存在することも知ったけれど、私は自分の母をそう定義づけはしない。そう呼ぶことで親という存在が小さくなり、幼少期から言語非言語問わず与えられたドグマを乗り越えられるのなら有効かもしれない。しかし、そう呼ぶことで親から離れられなくなる側面もあるはずだ。相手への思いを深掘りすればするほど恨みつらみも溢れ出し、自分がどつぼにはまったり、見当違いな穴を延々掘り続けてしまうこともある。解像度なんて上げれば良いというものではなく必要に応じて設定するもので、親という存在が読み込みに時間をかけてまで注目に値するかははなはだ疑問であり、高解像度で木を見て森を見ずにもなりかねない。それに今の自分の在りようを親当人にのみ起因し続けるのは端的に言って勿体ない。彼、彼女たちはただその時代にその社会で親になっただけの人物であり、良かれと思って余計なことしかしなかったありがちな人類の一員なのであり、その延長線上に自分がいた。母は健やかにラジオ体操に行き、私は病んだ経験を書き、本来なら交わることのなさそうな両者がたまたま親子だった。そう思うことで私は彼女を「母親」から「人間」にしてあげられるような気にもなる。母親という存在は無駄に大きくなりがちで母親自身はそのとらわれから逃げられない。いつだって子どもに執着しそれを良しともされる。私の方からちゃんと逃げてあげなければ。

金曜ロードショーでディズニー映画『塔の上のラプンツェル』を観て思った。塔の上に閉じ込められたラプンツェルは自分が「母親」だと思っている者のおかげで何不自由なく暮らしている。けれどその者が来訪するたび、愛されていることを実感しながら力を奪われていく。塔から抜け出し髪を切ってしまうと、「母親」だと信じていたあのパワフルでエイジレスな女性はただの老婆となる。そうか、あの長い髪は母娘をもつれ絡ませる愛憎の象徴ではないか。あの魔女は魔女なんかじゃない。そこらにいる母親の姿だ。そしてときとして母親は娘から見れば魔女にさえ映る。そう思って調べてみれば、『ラプンツェル』の原題は『Tangled』。「(糸や髪の毛が)もつれた、絡まった」という意味の原題を持つこの映画のアメリカ版ポスターは、日本版よりもずっと力強いラプンツェルが不敵な笑みを浮かべしかと立っていた。まるで、「あんたたち、自分の力で逃げなさい。あんなのたいしたことないわよ」とでも言いたげに。

母を断罪する気も、彼女に私が見て取るものを説明する気にもならない。彼女は幸福である。常々、「お母さんは幸せなの」と語る彼女の言葉には嘘も虚勢も、自分に言い聞かせている風も全くない。彼女は彼女の幸せな物語を他人と共有しながら生き、自他ともに「いい人だった」という認識の中で死んでいく。その粗雑なリアリティは、解像度上げてどうとかいうよりもずっとずっと大切なことで、彼女の幸せな生に口を出す権利はない。ただ単に、その物語を私とは共有できなかったというだけのことだ。母は言う。「お母さんね、子育てがとってても上手でしょ」。そうだね、ありがとう、と口にしながら私はこっそり怯える。

体

自分の体から逃げたい。ずっとそう願ってきたけれど、最近私は体から逃げたいのではなく、体への「まなざし」から逃げたいのかもしれない。そう思うようになった。ここで使う「まなざし」とは、対象に向けられる価値判断や意味を含んだ他人や自分からの視線だと了承して欲しい。サルトルには申し訳ないけれど、そこら辺の詳細にこだわる頭脳も文字数もないので、ちょっくら自己流で使わせて頂きたい。今の私では「まなざし」としか言いようがないのだ。

幼い頃から発育が良かった。小六で身長が１６５㎝もあった私はクラスの誰よりも早く女性の体に成長し、その姿にどよめき立った男子たちは騒ぎ惹かれ、その男子たちの反応を見て女子たちは私を排除した。その一連の反応を受けて、私はようやく最後に自分が女になったことを知った。

学校生活は歩調が合わないとなかなか営みづらいもので、早熟な私は開き直ってガンガングレた。意に沿わぬまなざしも成長痛も、不良仲間と遊んでいれば爽快感で上書きされる。一緒に遊んでいた仲間たちはほとんどが教護院などの施設に送られた。成績だけは良かった私は中学をそのまま卒業できたが、その後行った高校はすぐ退学になった。だから私は中学校の半ばくらいまでしかちゃんと行っていない。この前中学の同窓会が開かれたので参加したら案の定、「学校での思い出」が全く話せなかった。それでもこういう会には前のめりで参加する元不良仲間たちは全員集合していて、誰も学校の思い出を語れない謎な同窓会となった。一番仲の良かった女友だちは薬物の影響で記憶が途切れ途切れしかなく、更に数十年に及ぶ整形で別人になっており、「記憶も面影もないのになんで来た?」と思わず私がツッコんだら、懐かしの「チャリで来た」と返してくれたのでさすが竹馬の友だなと思った。実際は3段シートの友だけど。

高校を退学した私は家出少女となり街を浮遊して過ごした。酷いこともしたし、酷いこともされた。でも違法薬物だけはやらなかった。外交官を目指す姉が薬物問題に取り組むのが目標でそのために国際法やら国際私法やらを学んでいたのを知っていたからだ。「屋根のあるところで安全に寝たい」。私はその一心で姉のもとに身を寄せた。姉は当時大阪大学に通っており、狭すぎる寮生活にうんざりしていたところで、快く私を受け入れ一緒に部屋を借りてくれた。ようやく住所が与えられた私は身を粉にして働いた。自分の生活費に姉の予備校代。そして、姉の当時の彼氏がたまに転がり込んできたからだ。実家から幾ばくかの仕送りはあった。けれど国家試験を受けるための予備校代が捻出できる金額ではなく、姉がバイトをすれば勉強する時間がなくなり、それに姉は現在三児の母だが今の今に至るまで働いている男性と付き合ったことがない。特に主義主張があるようではないので、多分偶然と好みの問題なのだろう。

昼は梅田のＨＥＰにある服屋でショップ店員を。夜は豊中にあるお好み焼き屋で私は働きまくった。充実していた。家出少女だった私が安全な住処《すみか》と役割を持ち、期待され、頼られている。しかも敬愛する姉に。姉の彼氏は「仕事帰りにタバコ買ってきて。カートンで」とかほざく自称ＤＪで、レコードや機材などでもお金がかかったが、まぁまぁいい奴だったし仲良くしてくれた。私が仕事に行っている間、姉と彼氏がアイスピックで冷蔵庫の霜取りをし、当然冷蔵庫をぶっ壊して私に泣きついてきても、その日の夜には電器屋に新しい冷蔵庫を運んでもらえる財力を持った自分が誇らしかった。「魔法使いみたい！」と姉は無邪気に喜び、私は嬉しくて嬉しくて堪らなかった。鉄板前のカウンター席しかないほぼ呑み屋みたいなお好み焼き屋で、まかないを持ち帰りにして三人でほじくって食べた。昼も夜も接客業で「東京弁」と嘲笑《あざわら》われたけど、家に帰れば私は魔法使いだ。姉と姉の彼氏が巣で口を開けて待っている雛鳥《ひなどり》のように思え私はますます頑張った。知らない土地で、友だちも出来ず、嘲笑われながら働き続ける私に寂しいなんて言う資格はない。だって親の反対を押し切り家出をし姉の好意でここに居る。自分のことをみじめだなんて思ったらその気持ちに押し潰されそうで、私は姉たちを支えているのだという錯覚を支えにして働いた。

その頃から私は食べるようになった。隠れて、大量に、そして満腹になり気絶するように眠る。過食症が始まった。食べている間は何も考えずに済む。私これからどうなっちゃうんだろうとか、今なら絶対労働基準法に触れている勤務時間とか、姉の彼氏邪魔だなとか、本当は姉がそこまで私にして欲しいなんて思ってもいないこととか、全部全部考えず私は眠りにつけた。私にとって過食は麻酔だ。腹がくちくなればボーッとして痛みを忘れ、そのうち意識を失う。しかも素晴らしいことに安価で合法である。でも、最悪な副作用がある。太るのだ。年頃の女の子にとっては自分を全否定するのに十分な副作用だった。私は吐くことが出来ない体質なので食べたものはそのまま体にまとわりつく。どんどん太っていく私を服屋の店長は「店の服が着られなくなるから」と公的に窘《たしな》め、お好み焼き屋の酔客は無遠慮に私的な言葉で罵《ののし》った。私は誰かから言われた言葉をそのまま自分で自分に放ち、自分の体をさげすみながら食べた。食べるのは止められなかった。そのうち勤務中も隠れて食べるようになり、ボーッとしながら仕事をして、家で更に食べて寝た。そんな私を周囲は否定的な言葉で評したけれど、そのすべては太った体に原因があるのだと私は思い込むことにした。もっと根本的な問題には気づきたくもなかったから。脂肪を隠れ蓑《みの》にして、とっくに無理が来ている毎日を送り続けた。姉は何も言わなかった。体型のことも、その他も何も。

たまの休みは二人で漫画を読んで家で過ごすのが私は一番好きだった。姉は私を色々なところに連れて行ってくれたけれど、万博公園に行っても「岡本太郎すごいな」しか思わなかったし、吹田キャンパスは医学部の実習室から猿の叫び声が聞こえてきて怖かった。姉と二人で漫画を読み、読み終わったら交換してまた読む。その時間を守るためなら私はまだまだ頑張れる。聡明で優しくて私の体をジャッジしない姉とずっと一緒に居たかった。そのために「魔法使いの月美ちゃん」でいたかった。麻酔を打ち続けながら送った日々を実はあんまり覚えていない。働いて食べて、食べて食べて働いて、姉と手をつないでいた。食べている間だけ時間は止まっているように感じられる。自分をみじめだと思わぬよう、姉の手だけは離さないようにした。私はその家の大黒柱だったけれど、全身全霊で姉に寄りかかっていたのは私だった。

しかし時間はちゃんと進んでいたみたいで、姉が国家試験に合格した。霞が関勤務になる姉は大学を卒業後に東京に戻ることになり、必然的にこの同居生活は解消されることが決まり、私は両親に頭を下げて実家に戻った。輝かしい前途が約束されている姉とは違って、私には肥えた体以外何もなかったから。実家に戻る条件として高卒認定資格を取り大学を受験することになり、私は家出少女でも勤労少女でもなく、受験生になった。受験期間は静かに過ぎた。貯金も底を突きそうだったので最低限の参考書だけ買って図書館に籠《こ》る日々は静かで楽だった。寂しかったけれど、勉強だけしていれば衣食住が保障され、ある程度の目標があり外聞もいい。私が太っていようが痩せていようが、美人だろうが不美人だろうが、問題になるのはテストの点だけというシンプルさは私を落ち着かせた。私は受験生なのに、肩の荷が下りたような気分だった。

無事合格した大学はやけに華やかで、私は入学直後からまたまなざされる日々にやられる。大学生活で私はウツになり、引きこもって過食し続け、体重が90kgになって、精神科に通い始め大学を中退した。つくづく学校生活が向いていないのだと思う。

学校でも職場でも、自分の体から逃げたいと願った。この体を脱ぐことが出来れば私はもっと上手くやれるのに。まなざされることに怯えながらも誰かと関わり合いたいと願う自分に引き裂かれながらそう思った。この醜い、不便な、ダサい体から逃げることが出来ればば。だけど、体はどこまでも付いてくる。逃げようとする私を引き止める。

食べ物を詰め込めば考えるのをやめてくれる体。止めたはずの時間を突きつけるかのように太る体。もっと働きたいのに立ったまま眠ってしまう体。身を粉にして働いても粉々に消えてはくれず、どこまでもつきまとう体。そういえば、家出し誰にも頼りたくなくてそこらのアパートの非常階段に潜り込み踊り場で寝るのを繰り返していたら脚がむくんで歩くこともままならなくなり、知り合いに頼んで寝かせてもらうことになったのも体のせいだ。体は私を引き止める。生々しくままならない私の体。これだけなら私は体を厄介な相棒と思えたかもしれない。

でも、「まなざし」が加わると途端に逃げたくなる。美醜やイメージ、それにまつわる評価や判断。そんな世間のまなざしを私はしっかり内在化しちゃって、自分で自分の体を断罪し続ける。ずっと体から逃げたいと思っていたけれど、私は多分このまなざしから逃げたいのだと思う。しかし誰かと関わりたいと願う限り逃げられない。誰かは私の体をもって私だと認識するのだから。アバターのみでは満たされない私は時代遅れなのだろうか。

時代遅れな私にとって、昨今よく聞く「ありのままの体を愛そう」なんて到底無理な話であり、愛そう！　と思って愛せたら、この世から嫌いな人はいなくなるし、何より他人の認識はコントロール不可だ。自分がいくら「ありのままの体を愛しました」と言ったところで他人から「あなたの体を愛せません」と言われたらフツーに考えて落ち込むし、それを「愛さないお前が悪い！」とか言い出したらフツーにわがままだろう。「体を愛せないことも受け入れよう」などとも聞くが、そんな一周回ったトートロジーみたいな文言を声高に言わねばならぬほど、私を含めた多くの人間は自分の体なんか愛せないし受け入れられないのだと思う。仕方ない。私は自分の体を拒否しながらこれからもこの体と生きていくしかないらしい。勝手に成長し、血を流し、膨らんだり縮んだり痛んだりしながら、どこまでもついてくる体。私の体は私のもののはずなのに、全く思い通りにならないこの体に引き止められ、まなざしに引き裂かれながら。

　姉と暮らしていた大阪の家は取り壊しの決まっていた二階建てのオンボロ長屋で、大家さんから「どうせ壊すから好きにしていい」と言われた私たちは盛り上がり、赤青緑のペンキを買い込み各部屋それぞれに一色ずつ塗りたくった。はしゃぎ過ぎてペンキまみれになった体を風呂場で流し、私と姉は畳に寝転がって真っ青に塗られた壁を見ながらクスクスと笑った。ムラだらけで好き放題に青く塗られた壁を見ながら。誰も私たちを評価せず、誰からの視線もなく、開け放した窓から風が流れていた。私たちは姉と妹という意味しか持たず、青い繭《まゆ》の中にいるようだった。本当は巣立ちたくなんかなかった。繭に覆われていたかった。

生活

私は「生活」を知らなかった。必要なかったからだ。10代の頃から家出をしていた私には、その日その日の宿の確保が最難関最重要な課題で、荷物少なく流れながら暮らす日々は非日常の連続であり、その日をサバイブすればそれで上出来だったのだ。

でもやっぱりそんな日々は単純に疲れる。一念発起して高卒認定資格を取り、私は親に頭を下げて大学に入学した。更に頭を下げて保証人になってもらいキャンパス近くにひとり暮らしの部屋を借りた。いよいよ私の生活が始まる。そんな矢先、ウツになった。

大学入学直後からウツに陥り、ちょっと良くなってはキャンパスに行ってみて、また寝込み、また行ってまた寝込むの繰り返し。病院にはかかったものの、その治療とやらで過去を根掘り葉掘り聞かれるものだからウツの上にフラッシュバックまで乗っかって、遂に私は動けなくなった。たまに夜中、コンビニに行って大量の食べ物を買い込み過食して、太陽が出ているときは一切動かず、また夜中に起きる。ひとり暮らしの部屋で私がしていたことはそれだけだった。貯金もみるみる減っていった。

辛うじて片手で収まるほどの友人知人はいたものの、連絡が来ても調子の良いときにしか返さないため周囲も私の扱いに困っていただろう。明らかに病《や》んでいる私に周囲は「何か困っていることがあったら言ってね」とか「助けて欲しいときはいつでも連絡するんだよ」とか言ってくれた。「信じて待つ」というスタンスを取ってくれている友人もいてありがたかった。正直、放っておいて欲しかったからだ。

そんな中、配慮や気遣いのバリケードをぶち破ってうちまで来たMという友人がいる。中学のときの同級生だ。Mは連絡もなしにひとり暮らしの私の部屋に来て、インターホンを一応は鳴らしたが鳴り終わる前にドアを開けた。寝込んでいた私は心底驚き久しぶりに心臓が動くのを感じた。呆気《あっけ》にとられている私にMは「ひさびさ」とだけ言ってズカズカと押し入り、部屋を軽く見渡してすぐゴミを片付け始めた。怖かったしビックリした。そして、本気で嫌だった。

私は多分、「来てくれてありがとう」とか「連絡返さなくてごめんね」とか言ったと思う。でも本音は来て欲しくなんかなかった。こんな姿を見られたくなかったのだ。着替えることもなく風呂に入るどころか鏡を見ることもなく、ウツで動けない体で布団に横たわり、絶望的な感情や記憶が襲ってくるたびそれらをかき消すように食べ、気絶するように眠る。その繰り返しだった私は誰かに会うとかそれどころじゃない。ひとり暮らしを始めると決まったときに浮かれてMに合鍵を渡していたことを心底後悔した。Mはそんな私に構わず勝手に部屋のゴミを捨てていた。しかも「これは要る？　要らない？」とすら聞かずゴミ袋に突っ込む。食べ物のゴミばかりで取っておくようなものもなかったけれど、頼んでもいないのに人の部屋に来て物を捨てるってなんなんだよコイツ、と嫌だった。しかし私には怒る気力もなかったし、何より情けない姿を見られたことの恥ずかしさや不義理をしていた罪悪感で、「ありがとね」「ごめんね」とか思ってもいないことを繰り返していた。寝たままで。

Mはそんな私に面倒くさそうに「うん」と適当に言って、ゴミを集めて、捨てるついでに帰っていった。マジでなんなんだろうコイツ。ゴミがなくなって久々に見た床は一部が腐っていた。生ゴミを置きっぱなしにしていたせいだ。それを見ても私は「Mは良いことした気になっているんだろう。サイテーなやつだ」と憤った。憤るのも久々だった。

それから数週間経ってMはまた来た。後に気づいたことだが、第1回の来襲のときもMは何度も私の携帯に電話をしていた。私が通知を切っていたので気づかなかったのだ。それにしたって連絡を返していなければ来てはいけないだろう、とまた来たMに腹が立つ。それなのに「来てくれてありがとう」とか言ってしまう自分が情けない。Mは「うん」と言って、今度はカーテンを開けた。私はずーっと遮光カーテンを引きっぱなしにしていたので朝か夜かもわからなかったが、Mがカーテンを開けてそのときが夜であることがわかった。今考えると多分夕方だったのだと思う。でもそのときの私は「夕方」というあいまいな時間帯が把握できなくて「眩しくないから夜だな」と判断しただけだ。Mは私の、眩しいかと思って身構えたらそうでもなくて拍子抜けした姿を確認した後、「タバコ吸うわ」と言って窓を開けた。ものすごく久しぶりに私の部屋の窓が開いた。空気の入れ換えなんてしなくても死なないと思っていたし、お天道様《てんとう》は自分を責めているようでキツくて、窓なんかずっと開けていなかった。

風と一緒にMのタバコの煙が流れて来て、「せっかく綺麗な空気が入って来てるんだからタバコとか吸うなよ」と苛立《いらだ》たしかった。タバコを吸いながらMは「おみやげ」と言ってコンビニによく置かれている分厚い漫画雑誌をくれた。ハッキリ言ってすごく低俗な雑誌で「持ってくるなら他にあるだろ」とも思ったし、何より読みかけだった。拾ったのでは？　とすら思ったが、「ありがとう」と言って受け取った。Mがタバコを吸っている間、私はその渡された漫画雑誌に載っている、「ママ友トラブル！」とか「団地妻不倫！」とかため息が出るほどどうでもいい四コマ漫画を読んだ。悔しいけどちょっとおもしろかった。タバコを吸い終わったMは、前回よりは少なくなっているゴミを集めて、また捨てるついでに帰って行った。

Mの来襲は何度か続いた。最初は怒りながらも恐縮していた私だが、段々と慣れた。Mはせいぜい1時間くらいしか居なかったし、タバコだけ吸って帰るときもあったし、別に私と会話しようともしなかった。勝手に来て勝手に部屋で何かして、「そうそう」と急に言い出すからどんな大事な話かと思ったら、東海林さだおの『丸かじりシリーズ』を渡してきたりした。中学が一緒だったんだから私が読書家で有名なことは知ってるだろ。このシリーズ、一文ずつ改行してあって中身スッカスカじゃねーか。しかもお前んち行ったときに見たけど、これお前の親父の部屋に転がってたやつじゃねーか、とか思いながら読んだ。全巻読破してしまった。

そんなある日、Mがヤカンを持って来たことがある。フツーのどこにでもあるヤカン。湯が沸くとピーッと鳴るやつだ。私の部屋には1・5Lペットボトルが溜め買いしてあるし、夏だからヤカンなんて要らないし、ウツで洗い物なんか出来ないからコップに移すこともなくペットボトル直飲みしかしていなかった。ゴミを捨てていたMはそれを知っているはずなのにヤカンを持って来てそれで麦茶を沸かした。ヤカンに直接麦茶のパックを入れて、ピーッと鳴ったらそれを冷まして、最後にいつ使ったかも覚えていないような埃《ほこり》まみれのコップを洗って拭いて、「ん」と言って私に差し出した。氷も買ってきていたらしく、コップには麦茶と氷が入っていた。私はそれを飲んだ。そんなこと本当に本当に久しぶりだった。

ペットボトル以外から飲み物を飲むこと。沸かしたお茶を飲むこと。お茶が入っているコップが汚れていないこと。お茶に氷が入っていること。コップのまわりがじんわりと汗をかいているさま。それらが私にはものすごく久しぶりに味わった「生活」だった。

その麦茶が喉を通って、私のずっと堪えていたものが決壊した。大丈夫。放っておいてと堪えていたものが。

本当はわかっていた。Mが私に気を使わせまいと細心の注意を払っていたこと。私が来て欲しくないと思っているのも知っていたこと。それでも助けてって言えない私のために踏み込んでくれたこと。タバコが吸いたいんじゃなくて換気をしてくれていたこと。私に語らせないようにしてくれたこと。自分の話もしないでいてくれたこと。Mの家に唯一あった本を持ってきてくれていたこと。なんでもないフリをしながら、私が死ぬんじゃないかって誰よりも怖がっていたこと。

本当は私だってわかっていた。でもそれを認めたらもっとみじめになっちゃうからって、Mをお節介な偽善者に仕立て上げていた。だけど認めざるを得ない。私は困っていて助けてもらわなきゃどうしようもないところまで追い詰められていて、Mはそれをやってくれたんだ。

氷が溶けて汗をかいたコップを持ったまま麦茶がこぼれるほど震えて泣いた。全身で泣く私を見て、Mも「ん」と言って泣いた。その日からMは来なくなった。私は実家に帰る決意をして、正直に今の状態を親に話し、大学を休学して実家で治療に専念した。

当たり前だけれど麦茶ひとつでウツが良くなるわけはなく、そこから私は何年も闘病した。それでも何とか今の私はビョーキのままで、結婚したり子どもを産んだりしながら、「生活」をしている。

病《やまい》の渦中で絶望している人間にどう接すればよいのかは難しい。Mの行動が正解だったとも思わない。「引き出し屋」の報道を見るたびに消えてなくなれと思うし、Mがやったことだって元々合鍵を渡すほどの信頼関係がなければ許されざる暴力だ。

それでも私はコップにお茶を汲んでもらったときの、あの瞬間だけは肯定したい。あの瞬間、私は病気になってから初めて対等に扱われた気がした。喉を潤すだけならペットボトルからがぶ飲みすれば良い。横たわっている病人に曲がるストローを持って来てくれる人もいる。だけど私は清潔なコップにお茶と氷を入れて渡されたときに、大げさだけど、「人権」ってのを取り戻したような気がしたのだ。私はこの麦茶に値する人間なんだって思った。

困難な状態にある人間が最初に失うのは生活だと思う。日常生活。私は家出をしている間、非日常の連続で生活を失った。生きていくだけで精一杯だった。そして日常を取り戻したかと思ったらウツになって生活が出来なくなった。コップでお茶を飲むこと。部屋のゴミを捨てること。窓を開けること。当たり前のそれらは一気に失われた。けれどそんなこと他人からは見えない。病院に行っても医師から聞かれることもない。だからこそ私は「生活」の話を書きたい。「生活」を取り戻すには力も助けも要る。そしてそれは自尊心を取り戻す作業でもあるはずだ。

Mには最近ようやくお礼を言った。感謝してもしきれないくせに言葉にすると何だか足りない気がしてうまく言えなかった。それで何となく保留にしていたけれど、やっぱりちゃんとお礼を言おう！　と頑張って言葉にしてみた。するとMからは「ウケる」とだけ返ってきた。ピーッと鳴るヤカンはまだうちにある。

Aちゃん

最終学歴、精神科。専門は依存症。私の履歴書は多分そういうことになる。つくづく物書きになれて良かった。他の業種なら即お祈りメール、ESシートだけでスパム扱いされそうな経歴だ。でも20年間、依存症のことを学んできた。それだけは自負している。

勘違いされやすいのだが私は決して当事者主義ではない。アカデミアや専門家の知と当事者の知。それらは両輪で考えるべきものだと思う。なので私は当事者仲間との世界に軸足を置きながら、もう片足でシンポジウムや講演に出掛け専門書を読み漁《あさ》っている。私の部屋は『精神看護』とか『生き延びるためのアディクション』とか『トラウマによる解離からの回復』とかいう本で埋め尽くされており、何も知らない義母が産後の手伝いに泊まりにきてくれたときは大慌てで「この部屋だけは開けないでください」と開かずの扉を死守した。扉の向こうでブツブツと赤子を抱えて本を読み漁る私を、義母は夫に「月美さんは何か特別な宗教にでも入っとるんけ？」とコッソリ聞くほど斜め上の心配をしてくれたが、あながち的外れでもない。一人の支援者・一人の主治医・一つの精神療法や一つの自助グループにのめり込むと、素直で思い込みの激しい依存症者である私は結構簡単に信者化してしまう。だからありったけ幅広く学ぶことにしているのだ。生き延びるためのつまみ喰い。どうやらそれが私には合っているらしい。

でも当事者仲間とはずーっと付き合っている。中でも薬物依存症施設、「ダルク女性ハウス」の施設長、上岡ハルエさんには徹底的にお世話になって、ハルエさんがダルク外で行っていた女性クローズドのアディクションミーティングに私は週1で10年以上参加し続けた。そこで私の根幹は形成されたと思う。支援者であるハルエさんを当事者仲間と呼ぶのは気が引けるけどハルエさんは教祖になんてなりたくないだろうからあえてそう呼ばせてもらう。心から感謝している。

そのミーティングで多くの仲間と出会った。薬物・アルコール・買い物、そして私と同じ摂食障害。そう、摂食障害も依存症の一つだ。そこで聞く仲間の話はどれもこれも凄絶で、私の経験なんて鼻クソみたいに思えるほどまさに生き延びてきた話だった。

私は精神科で出会った仲間の詳しい話を書くのを好まない。守秘義務もあるし、仲間の不幸を消費しているように感じるからだ。自分がまだ、消費や搾取《さくしゅ》ではない形で書けるほどの筆力を持っていないことを知っているので出版社からの「当事者ヒアリングで取材記事を書いてください」という依頼はすべて断ってきた。仲間に「書いていいよ〜」なんて言われても、「あんたの話は手に負えない」なんてふざけて誤魔化してきた。そして彼女たちの話をセンセーショナルなゴシップとして報ずる者たちを軽蔑もしてきた。だから、以下に記すAちゃんの話が私をその軽蔑する輩の一員にさせないか、何度本人に原稿チェックをしてもらっても心配で堪らない。でも今、彼女は私に書かれることを待っている。そして、読まれることを待っている。

Aちゃんと最初に出会ったのは精神科のデイケア施設で行われるヨガプログラムだった。ヨガはゆったり無理せずやるよう指導されていたのにせわしなく動き限界まで体を伸ばす彼女を見て、私は「あ、摂食仲間だ」と思った。私を含む摂食障害者は基本的に痩せたいので必要以上の運動をしがちだから。ヨガが終わって休憩がてら近くの公園にタバコを吸いに行ったらAちゃんはひと足先にタバコを吸っていてひとなつっこく私に話しかけてくれた。「摂食?」と聞かれ、見破ったつもりが見破られていた私が頷くと、「あたしも摂食!」と明るく返してくれた。話しているうちに過食嘔吐《おうと》者特有のリンパのはれた顔にあどけない目鼻立ちをしたAちゃんが私より10歳も年上なことに驚き、Aちゃんの手を見てもっと驚いた。小指がなかったのだ。思わず聞くと「自傷！　体中切って切るところなくなったから最後に自分で小指切り落としてやめたの。もうやってないよ！」とアッサリカラッと教えてくれた。
その後もヨガクラスで一緒になるたびに私はAちゃんと話し、ヨガウェアで露わになるAちゃんの体が深い傷まみれなのも知った。でもAちゃんの悩みは「最近『梅ミンツ』が止められない。炭水化物抜いてもめっちゃ太る」といったもので、私たちはお互いダイエット情報を交換したりAちゃんの彼氏の話を聞いたりして盛り上がった。ハルエさんのミーティングに誘ったりもしたけれど、Aちゃんは忙しく連絡が取れないこともしばしばで一緒に行くことは叶わず、私はAちゃんが処方薬を貰いに診察に来るときを狙って仲良くしてもらった。

「Aちゃん、普段何してんの?」。私はもっと頻繁に会いたい自分勝手さで、その言葉がどれだけ無神経か知らずにぶん投げた。「んーとね、援交」。売春のことだ。今では使われなくなったそのスラングをAちゃんは恥ずかしそうに言った。精神科で鍛えられた私はそれぐらいじゃやビビりませんって顔をして、何気なく「そっかー」と返した。Aちゃんはその私の反応を見て、タバコの煙を空に向かって吐き出しながら続けた。Aちゃんの吸っていたタバコは私のヴァージニアスリムよりずっと安い値段のechoだった。「パパがね、客引いてくれんの。でもどんな客にも絶対こっち側の胸は触らせない。パパとの約束だから。パパね、『こっちのオッパイはパパのだからな』って昔から言うんだ」。Aちゃんは小指のない左手で片側の胸を指した。もちろん、パパとはＡちゃんの実父だった。

私は血の気が引くのを感じながら、また「そっかー」と言ってタバコを吸い続けた。何それ地獄じゃん。体中切り刻まれるべきは父親だろ。彼氏も母親も全部知ってんでしょ？それなのに娘を病気扱いして精神科通わせて客取らせて、クソじゃん。Ａちゃんは「自傷」としか言わなかったし、確かにそれもあるんだろうけど、じゃあ何で手が届かない背中まで深い傷跡があるんだよ。Ａちゃんに「死にたい」って言わせたお前らが死ねよ。

そんな言葉を全部飲み込んで、私は「そっかそっか」と繰り返した。だって、ずっと当事者の世界にいれば知っている。「そんな親は捨てて逃げなよ」とか「怒りなよ」とか「あなたは被害者だよ」とかは専門家や支援者が言う言葉で、そんなことわかってるけどそれでもどうしても嫌いになったり逃げたくないようなわずかなためらいが当事者にはある。専門家や支援者が言う言葉はその通りで、そう言ってもらえることで救われたり背中を押されたりするのだけれど、色んなことが怖くてグズグズとためらう当事者はその助けの言葉をどうしても責められているように感じてしまう。それで支援者の元から逃げちゃうんだ。「言われた通りに出来なくてごめんなさい」って思いながら。そして、私は支援者じゃない。仲間として何かするべきだったのだろうけど、でも何をしていいのかわからなくて、私は情けなく「そっかそっか」と繰り返した。Ａちゃんと私は隣に並んで互いの顔を見合わせず、タバコの煙を吐き出していた。Ａちゃんは子どもみたいに「うん」と言った。

それからもAちゃんは私に色んな話を聞かせてくれた。「月美ちゃんは頭良いからね！作家になったらあたしのこと書いてね！」。Aちゃんはたびたびそう言った。「あたし、彼氏から『お前の人生は本になるから自伝書いて印税稼げ』って言われてるの！　でもあたしパソコンも使えないし、バカだからさ」。なんて酷なアドバイスだろうと思った。確かに私たちの話を聞いて「本を書いた方が良い」という人間は山のようにいる。だけど一部の目利きの編集者を除いて、大体そんなこと言う奴は「関わりたくないから自己責任で完結させてください」という意味でしかない。けれど素直で思い込みの激しい依存症者はマジで書く。それで記憶が成仏するならいい。しかし大抵は出版の当てもない執筆に数年を費やし、その間激烈なフラッシュバックに襲われ、途中で筆を折り挫折経験だけが残る。「彼氏を喜ばせたい」。Aちゃんは素直にそれしか考えていなかった。

でもそのうち、Aちゃんは妊娠し、彼氏は全く喜ばず、中絶をして、精神科に来なくなった。連絡先も変わって誰に聞いても行方はわからなかった。よくあることだ。だから私は待ち続けた。私が絶対に電話番号やメールアドレスを変えないのはそのためだ。精神病院で過ごす間、何人もの仲間がどこかに行ってしまい連絡が取れなくなった。私は待ち続けている。

ほとんどの仲間とは連絡が取れないままだけど、なんとAちゃんからは数年前急にメールが来たのだ。「ひさしぶり〜おぼえてる〜?」。あっけらかんとした文面にはまだ乳児湿疹の残る赤ちゃんの写真が添えられていた。Aちゃんは彼氏と別れ、違う相手との子どもを産み、産後ハイでうっかり私に連絡してしまったみたいだった。私はすぐに返信し、それから暫くして東京から少し離れた母子寮にいるAちゃんに会いに行った。Aちゃんはスタッフや寮の仲間と子どもを育てており、子どものためにタバコを止めたけれどアルコールが始まっちゃったみたいで、施設職員に子どもを預けて自助グループに通うことが義務づけられていた。私はAちゃんの自助グループが終わるのを待ち、近くのファミレスでドリンクバー数杯のお喋りをした。私も子どもを産んでいたので、数ヶ月に1回今でも開かれているこの会はちょっとしたママ会である。

久しぶりに会ったAちゃんは相変わらずあどけない顔で私に笑いかけてくれた。さて、会えなかった間の近況報告でも、と思ったらAちゃんはすぐ私に切り出した。「月美ちゃん、子ども可愛い?」「まぁね。大変でマジ無理って毎日思うけど、基本的には可愛いよ」「月美ちゃんは頭良いもんね。あたしバカだからさ。子どもが羨ましくて憎らしくなっちゃうの」。メロンソーダをじゅるじゅると吸ってAちゃんは教えてくれた。
「寮のスタッフさんたちね、うちの子のこと超可愛がってくれてほんと感謝してるんだよ。

でもさ、あたし母親失格だからさ、それを見るたびイヤな気持ちしちゃうの。なんでうちの子はいつでも抱きしめてもらえるのに、あたしはセックスのときしか抱きしめられなかったんだろうって。なんでうちの子は物を落としても殴られないんだろうって。マジ心狭いよね。羨ましくてイヤな気しちゃうの」

自助グループでそういう話しないの？　と聞くと、「ＡＡ（「アルコホーリクス・アノニマス」の略。アルコール依存症の自助グループの意）はさ、男の人もいるじゃん。依存症は病気だからしょうがないんだけど。男性メンバーが酔っ払ってレイプしちゃった話とか泣きながらすんだよね。そしたらさ、うちの親も病気だったのかなって。仕方ないのかなって。わかんなくなっちゃうんだ。あたし、ステップ１もまだ踏めてなくて」

ステップとは自助グループで使われる回復の道標、「12ステップ」のことだ。１〜12まであり、ステップ１とは「私たちはアルコール（やその他の嗜癖《しへき》もここに当て嵌める）に対して無力であり、思い通りに生きていけなくなったことを認めた」である。「否認の病」とも呼ばれる依存症に対して意志の力でコントロールするのは不可能であることをまず認めようという勧めだ。そしてこの12ステップの原理は生きていく上でいつでも援用することが推奨されている。元々、ＡＡは男性社会だ。１９３５年にアメリカで創立されたとされるＡＡは第一次世界大戦の兵役の際、飲酒に頼って依存症になった者たちから発展した歴史を持つ。そのためアンチマッチョイズムのような思想があり、力で何とかしようとしていた者たちがそれを手放すことが回復につながるとされている。正直になることが求められる自助グループでは己の罪や過ちも正直に話すため、それはつまり愚かしいマッチョイズムの告白にも当然なる。12ステップが回復の道標だというのはその通りなのだろう。回復に有効な者が多いから自助グループは現在まで世界中でこの12ステップを軸に発展しているのだろう。でも、でも。

Aちゃんから力を奪った奴は誰だよ！　Aちゃんは会ったときから力や尊厳を剝ぎ取られ、それでもなけなしの力を振り絞って生き延びてきたんじゃないか。Aちゃんが思い通りに生きてこられたことなんかあったか？　Aちゃんは無力なんかじゃない。彼女が生き延びた力をもっと敬え！　はらわたが煮え繰り返っている私に、Aちゃんはもっと教えてくれた。「それにあたしさ、スポンサーのことすぐ好きになっちゃうんだよね」

自助グループにはスポンサー制度というものがあり、クリーン歴（アディクションを止められている期間）が長くなると「先行く仲間」と呼ばれ、ビギナーの相談役になる。自助グループは基本的に「言いっぱなし聞きっぱなし」がルールであって、仲間の話にはコメントしない。だからクリーンを続けるための細かな相談をスポンサーにするのだ。依存症に効く処方薬はない。抗酒剤の抜け道なんて誰でも知っている。止めるには当事者同士の知恵が必要になってくる。その一つがスポンサー制度だ。でもやはり当事者同士というのは問題も多く、私個人はスポンサー制度に反対の立場である。必要で有効な人が使うことに異論はない。

　支配的な環境を生き延びてきたAちゃんにとって「先行く仲間」は、当人がどう思おうと、理想で憧れの権力者だ。いつでも自分の悩みを細かくアレコレ聞いてくれアドバイスしてくれれば恋愛感情を抱くのも無理はない。支配的な環境に生まれ育ち、その感覚に慣れ切っている私たちのような依存症者にとって、支配／被支配というのはお馴染みの感覚であり、対等な人間関係なんていつ切られるか怖くて緊張する。私たちにとって「安心」とは支配されていることであり、この慣れ親しんだ感覚を手放せるようになるには周囲の協力と時間がたっぷり必要となる。簡単に「安心安全」なんて言わないで頂きたい。だからAちゃんは10歳年上なのにも拘わらず、中卒の私を「頭の良い月美ちゃん」と姉貴分扱いするのだ。

　私はその権力勾配を感じ取りながらも訂正するより尻馬に乗って伝えた。「すぐにスポンサーを女性に替えてもらいな。それから女性クローズドミーティングを探してそこにだけ通いなよ。子どもはさ……殺さなきゃいいよ」

　最後の言葉はハルエさんの真似だった。私が妊娠して「ちゃんと育てられるか不安だ」と打ち明けたらハルエさんは「殺さなきゃOK、OK」とこともなげに言ったのだ。そのときはなんて極端な、と思った。でも今ならその言葉の重みが少しはわかる。ちゃんとなんて育てられるはずないのだ。そう育てられてきていないのだから。でも、だからこそ、どうしようもなく自分の子だけはちゃんとちゃんと育てたいと痛切に願う。自分と子どもの命を危険に晒すほど追い詰められながら。

「Aちゃんはバカじゃないよ」。そんなこと言っても受け取らないこともわかっていたけど、それでも言った。「今もずっと帰り時間を気にしながら喋ってる。子どもが気になるんでしょ。Aちゃんはバカじゃないし母親失格でもない。私が子どもを可愛いと思えるのは預け先や夫の経済力や色んなものに恵まれていて時間や気力体力に余裕があるからだよ。そうじゃなかったら私だって子どもを憎く感じたと思うよ」。するとAちゃんはフッと聞いたんだ。「じゃあなんで月美ちゃんは恵まれててうちの子は恵まれてて、あたしはそうじゃなかったの?」。嫌味でも何でもなく本当に不思議そうにAちゃんは聞いた。頭の良い姉貴分に答えを教えて欲しい。それだけだった。――人生とは不公平なものだ――。J・F・ケネディのそんな言葉が脳裏をかすめて私はあまりの残酷さに自分をぶん殴りたくなった。

何も答えられなくて、私は私たちに言われるお決まりの言葉で誤魔化した。「生き延びてきただけですごいことだよ」。Aちゃんはメロンソーダをまたじゅるじゅるとすすって、「月美ちゃんは優しいからな〜」と言った。「優しい人たちは嘘つくから。あたしバカだけど、自分が子ども産む資格なんてなかったことくらいわかるんだ。自分のこともろくに出来ないのに子どもなんて育てられるわけないよね。あたしが母親じゃないほうがうちの子は幸せだとも思う。でも、あたしにはあの子しかいないんだよね。なのに子どものこと羨ましくなったりイヤになったり、マジバカだよね」

空になったグラスを持ってAちゃんはドリンクバーに向かった。またメロンソーダを注いでくるだろう。Aちゃんのような子は、自分が「選んでいい」ということさえ知らない。嵐のような日々を耐えるしかなかったAちゃんは、優しい言葉には裏があると思うし、何かしてもらえば差し出さなきゃいけないと思うし、同じ言葉をかけられると口裏を合わせているとすら思う。私は私にしか出来ないこと。周りの支援者たちとは違う、他の選択肢を必死で考えたけど、結局私に出来ることなんて一つしかなかった。

案の定、緑色のそれを注いで戻ってきたAちゃんに、苦虫を嚙み潰したような自分でもダセーなと思う表情で私は言ったんだ。「Aちゃん、私、Aちゃんのこと書くよ」。参ったな〜ぶっちゃけ書けるかな〜と、眉をへの字にしながら下唇を突き出して、私はどこが姉貴分だよって感じだった。「ほんと⁉」。Aちゃんはうなだれる私を前に喜んだ。「うん、書く。それでさ、読んだ人に決めてもらおう。Aちゃんが母親失格なのか。生き延びるだけじゃ足りないのか。すまぬ。それしか出来ぬ」。何がそんなに嬉しいのか、Aちゃんはご機嫌だった。でもちょっとはわかる。自分の経験が他人の役に立つこと。人間の根源的な欲求である、「誰かの役に立つ」を剝ぎ取られて、すみませんすみません、助けてもらってありがとうございますって生きるのはしんどい。でもさ、その気持ちにつけ込んで、ギャラも出さずに顔出しでシンポジウムに当事者立たせて喋らせる専門家と、私は何が違うんだろう。

原稿チェックとギャラの支払いだけ取り決めて、私は「今日だけ奢《おご》る。これからはいつも通り割り勘。ほら、帰るよ！　子ども待ってる！」とレシートを取った。

ファミレスのレジ前にあるおもちゃを買ってAちゃんは母子寮に帰って行った。誤飲しないように大きくて、怪我しないように柔らかいそれを、「こういう所で買うと高いよね」と照れ笑いしながら。

優生思想

Uは私の知る中でもっとも凡庸な女性である。そして凡庸であるということは女性として生きる上でとかく強い。Uを見ているとそんな風に思ってしまう。

Uと私は細く長い付き合いをしており、それはひとえにUの社交性の高さに依《よ》る。Uは女友だちがとても多く、私のような流浪《るろう》している人間はすぐに関係が途切れてしまうのだが、Uは出会ってきた女性たち、所属していたコミュニティ、ほとんどすべてと縁が続いており、そんな彼女を私は羨ましくも真似できない、つくづくすごい人だと思ってきた。

しかしそれよりも素晴らしいUの才能を私は出会った頃に目の当たりにし、嫉妬するほどだった。10代の頃のUは瞬発的なユーモアに長《た》けており、その言語能力は今物書きとして生きている私でも敵《かな》わないほど圧倒的で、私はUに引っ付きおこぼれをもらうように女友だちの輪に入れてもらうのが常であった。

「大人になるということは自分の凡庸さを受け入れるということ」と言った人がいるが、Uに関してそれは当てはまらない。彼女は努力して凡庸になっていった。彼女が大学に入った頃が転機だったように思う。Uの入った女子大での不文律を私は知るすべもないが、彼女が大学生活を謳歌する上で、それはきっと必須だったのだろう。そのような文化を否定する気は全くないし私だって自分ではかなりのミーハーだと思うが、Uの才能に鑑みてひどく勿体ないと思った。誰よりもお洒落で誰よりもジョークの上手い彼女は、どんどんマスメディアが垂れ流す記号的な女子大生になっていった。流行りなのだろうが既視感のある服装に髪型。有名女子アナが勧める化粧と美容法。そして、彼女のジョークはどんどん誰かを「いじる」ものになっていった。

Uに対して嫉妬するまでの憧れを抱いていた私はその変化に落胆し、おこがましくも苦言を呈したことがあるが、そんな私をUは「いつまでもサブカル」と一蹴《いっしゅう》した。Uが共通の女友だちの想い人とうっかり寝てしまったときも「酔っ払ってて断れなかった」と何の躊躇いもなく言い私を驚かせ、驚く私を鼻で笑った。

社会人になって自由に使えるお金が増えるとUはますます凡庸になっていった。実家住まいのUは給料すべてが自分の小遣いで、年上の彼氏と付き合っていたのでデート代もかからず、いわゆる「自分磨き」に精を出した。ときたま会うUは完全に完璧に、ファッション誌が勧めるものすべてを身に着けており、顔にはシミも毛穴も一つもなく、爪は派手過ぎず地味過ぎないネイルがサロンで施してあった。会うといっても、その場所はホットヨガなどに指定され、私は体験クーポン五百円みたいなもので一緒に居させてもらっていた。Uがいつもの週末を過ごす、ゴルフやエステに付き合うほどの財力を私は持っておらず、Uが喋る呪文のような基礎化粧品の数々や誰かの噂話に私は全くついていけなくなっていた。

でもそれは、ちゃんとした社会人になれていない私が悪いのだ。事実、Uの仕事の苦悩が私にはわかってあげられなかったし、いい歳こいてフリマで買った服を着ている自分とUのいつ会っても毎回違う最新流行のブランドバッグを見比べ落ち込んだりもした。

そんな私をUは次第に見下すようになり、彼女なりのジョークに包まれたその態度は私がUを敬遠する理由の一つにもなった。それでも何かあると私を誘ってくれるUはやっぱり寛大で、それが大酒飲みの彼女の酒のアテであろうと、私はできる限り顔を出した。

だから、その日の集まりも私は結構楽しみにしていたのだ。数年ぶりにUとその女友だちと数人で開かれた会に行くため、私は夫に数週間前から子どもたちを頼み、数日前から家族の好物だらけの夕飯を心がけ、朝早く起きて身支度を済ませ、意気揚々と出掛けていった。

久しぶりに会ったUはお腹を大きくしていた。私が第一声「おめでとう！」と言うと、Uは照れくさそうに「ありがとう」と言ってくれた。三々五々、誰かが集まるたびにUは「最近全然集まれなくてごめんね」と詫びていた。私はそんなに定期的に集まっていたのかと驚き、更に1年位集まりに顔を出さなかっただけで謝罪するUに改めて社交性の高さを感じ、やっぱりUはUだな、すごいな、なんて思っていた。そして顔を出さなかった理由を述べようとする彼女に、誰でも色々あるしたった1年なのに！と彼女の律儀さにも驚き尊敬していた。理由を聞くまでは。

彼女は不妊治療をしており、あまり上手くいかない日々が続いていたが、ようやく授かった子が障害児だと羊水検査で分かった。それで中絶をしたが、自分は障害児しか授かれないのかと落ち込み、誰とも会う気分ではなかった。しかしこのたび、健常者であろう子を授かることが出来て、安定期にも入ったので、皆にその報告も兼ねて久々に集まったのだ。

Uが右記の内容をたっぷり1時間以上かけて喋っている間、私は彼女の顔を見ることが出来なかった。自分でも大人気ないと思う。Uのような思想を持つ者が少なくないのは知っているし、だからこそ羊水検査というものが存在するのだし、Uは何も悪いことをしたわけじゃない。法律で保障されている権利を行使しただけだ。私も不妊治療経験者なのであのゴールの見えないつらさは知っている。それに障害児を育てるには大変な苦労と金銭が伴うことも、周りに障害児の母が多い私は理解しているつもりだ。けれど、周りにそのような者が多いということは、Uとは違う決断をした者が多いということである。Uの言葉を借りれば「人生最大の悲劇」をしかと引き受けた者が。

集まっていた女性たちは私よりもずっと大人で、彼女の話が何を意味するかを理解しつつも、彼女に「今は元気そうで良かった」とか「赤ちゃん楽しみだね」とか、ちゃんと相応《ふさわ》しい言葉をかけていた。皆、私に障害があることも知っていた。私とUの双方に配慮しつつも団らんを続ける周囲に申し訳なくなりながら、私はぼんやりと「友がみなわれよりえらく見ゆる日よ」と啄木の詩を思い出しているだけだった。

Uは数年前に伴侶と購入した新築マンションの一階に保育所があるが同じような年代の夫婦が多いためそのマンションはベビーラッシュで希望の保育所に入れるかどうか不安だという話や、中絶をした後に夫婦で犬を飼ったが躾《しつけ》をする前にお腹の子を授かったので慌ててドッグトレーナーを呼んだ話などをしていた。もちろん、その犬はペットショップで購入されていた。

和気藹々《あいあい》と女性同士の話が進む中、私は怒りが静かに込み上げてくるのを抑えるのに必死だった。Uがペットショップで一番可愛く育てやすそうな犬を選んだという話を聞きながら子もそのように選んだのかと思い、湾岸沿いの蜂の巣のようなマンションからUのような思想を持つ子どもたちが大量に羽ばたいていくのかと思い、自分勝手な妄想に自分で腹を立てていた。

そしてこう思ったのだ。「障害児を産めばよかったのに」。私は確かにそう思った。一瞬のことで打ち消そうとしたけれど、私はこの醜い感情を持った自分に慄き、その瞬間を忘れることは不可能だった。私はそう、確かに思ったのだ。こっち側にきてみろ、と。

私は幼い頃から障害者を差別する人間に嫌悪感を持っている。その頃は自分が障害者であるなんて思ってもおらず、ひとえに母親の教育に依るものだった。マルクス主義者の母は、人間は平等であるべきで、そのためにあなたはいつでも弱い者の味方をしなさい、と私に教えた。そして強い者と闘いなさい、と。ベルリンの壁が崩壊しても母の教育は変わらなかった。

小学生のとき、聾《ろう》（聴覚に障害のあること）の児童がクラスにいた。その子と私は家族ぐるみで仲良くしており、よく家を行き来もしていた。ある休み時間に教室で自席に座っていたその子が、後ろの席に座る児童から頭を足で小突かれていたことがある。小突いていた児童は学年一体軀《たいく》の良いサッカーのリトルリーグに所属するお坊ちゃんで、お金持ちの一人息子である彼がワガママ放題なことは学校中の者が知っていた。
私はそのお坊ちゃんが汚い上履きで聾の友人の頭を埃まみれにする有様を見て、なんとおぞましい光景だと憤慨し、私の毎週洗濯している美しい上履きのままお坊ちゃんの横っ面《つら》にドロップキックを思い切り喰らわせた。お坊ちゃんは怒り、ご両親と共に我が家に抗議に来たが、母は形式的な謝罪だけして私をさほど叱らなかった。私は教師たちに何故蹴ったのか問われても友人の誇りを守ろうと口を割らず、小学生なのに2日間の停学になった。私はそれでも自分が正しいことをしたと思った。ずっと、私は正しいことをしたのだと思っていたのだ。

でも違った。私が障害者を差別していたのだ。私は聾の友人を弱者だと決めつけていた。お坊ちゃんを強者だとも。そしてその中間に自分を位置付け、より弱い者のために振るう弱者の強者への暴力を正当化した。聾の友人の家へ遊びに行くときに、特権的なあわれみを全く感じていなかったかといえば嘘になる。私はその友人が聾だったからこそ我こそはと仲良くしたのだ。そこに強者の優越がなかったとは言わない。私は欺瞞に満ちた優しさで障害者への差別を行ってきたのではないだろうか。そうでなければ、Uに瞬間とはいえあの醜い思いを抱くわけがない。

Uの凡庸さは彼女が勝ち取ったものだった。彼女は女子大に入ってすぐ、私にこう言ったことがある。「女ってさ、パワーゲーマーじゃん。会った瞬間に勝ち負け決めて、それで付き合うんだよ」。私は然《さ》もありなんと、彼女の言語センスに頷くだけでそれが実際どういうものなのかあまり考えず「そうだね。そういうパワーの序列って下卑《げび》ているというか、ダサいよね」と彼女に同意を求めた。すると彼女は、「そうかな。負けてる方がよっぽどダサいと思うけど」と言ったのだ。その返答通り、彼女は日々晒されるパワーゲームに負けるまいと自らをカスタムし続けた。思えば幼少期からUは負けん気の強い子だった。だが賢さ故、明らかな勝ちを周囲に示すことはなかった。彼女は多くの女性たちの中で共有される価値観の中で、負けないが勝たないという一番聡《さと》い序列に自分を置いていた。

才気煥発《かんぱつ》とはこのことと私が舌を巻いていた彼女のユーモアは、大人になるに従って人を見下すジョークとなっていった。そのことを私は嫌がったけれど、私の欺瞞に満ちた優しさよりもそれはずっと場を盛り上げた。私は彼女やその周囲が共有する序列の最下層で、よく嘲《あざけ》りの対象となった。だが率先してピエロを引き受けた。それが進んで出来る自分は例外だという特権意識さえあった。しかし、本当はその扱いを密かに憤っていたのだ。自身を例外だと思い込むことで序列の構造を無傷のまま再生産していたのは他ならぬ私だった。そのため、高みの見物を決め込む彼女を引き摺《ず》り下ろそうと、あの醜い思いが湧いたのだ。つまり、私もまた、その序列を共有する一員だったのである。

その会の間中、私は自らの差別意識と対峙《たいじ》するのに必死で、何を話したかも覚えておらず、見栄えの良い食事をひたすら頬張っていた。下手なことを喋らぬよう次々に食べ物を放り込み、胃がだるくなることで心の重だるさを誤魔化した。Uは、「つらいことがあったけど逆に夫婦の絆が深まったって感じ！」とか「今日はみんなに力もらっちゃった！」とか、どこかで聞いたような文句を潑剌《はつらつ》と繰り返していた。寂しかった。あんなにも焦《こ》がれたUの言葉が彼女の社会的地位などとトレードオフになっているのを聞くのは寂しかったが、未熟な私のセンチメンタリズムよりも、Uの勝ち組女性としての強気で凡庸な生き方は分かりやすく確固たるものだった。誰だって、私よりUになりたいだろう。それぐらい、彼女は自分がどう在れば幸福なのかを知っていたし、それを努力によって着実に手に入れていた。そして、その幸福を邪魔するものは排除した。それだけなのである。

帰り道、Uと二人きりになって私はようやく「大変だったね」とねぎらいの言葉をかけた。Uは「だってさ〜あのとき産んじゃったら赤ん坊のどっかに欠損があるかもしんないって言われたんだよ。そんなん、うちの旦那さんも可哀想じゃない？」と私がUの決断を快く思っていないことを踏まえ伴侶のためとしてくれた。そして明日は保育園の説明会なんだ、と言って電車を降りた。私は座席に座り直し、夫に帰宅の連絡と明日のスケジュール確認のメールを入れた。私たち夫婦も明日は説明会。脚に障害を持つ夫の片脚切断手術について、一緒に病院に聞きに行く予定だったから。

性被害

私は運命を拒否する。解釈を拒否する。因果律を拒否する。私は私に貼り付けられたすべてのラベルを破いてしまいたい。

色々あった。ただそれだけのこと。人間誰しもひとりひとりの物語があり、私もそのひとりで私の物語がある。ただそれだけのことなのだ。勿体ぶることでもないのでざっくばらんに言えば、「私は幼少期に繰り返し性虐待に遭い、アル中の父親に殴られて育ち、グレて家出少女になり、姉の元に身を寄せて暮らす間に依存症になり、実家に戻って大学に進んだらウツになって、弟が刑務所に入り母は宗教に走り、私は婚活して結婚して不妊治療を経て現在二児の母」である。文字にしてほんの二、三行。そんなことが40年間生きている間にあった。

このような話をすると人は私にラベルを貼ってとかく因果関係で私を解釈したがる。もちろん、過去のアレコレが現在の私を構成しているのは間違いない。けれど、「妻」や「母」がその人物の一側面しか説明し得ないように、性虐待のサバイバーであることも定義通りのＡＣ（アダルトチルドレン）であることも病名も、私の一側面しか説明し得ない。私は私という今ここにあるひとりの主体なのだ。運命なんて簡単な言葉で納得したがる奴はレイプされた人間にも同じように言えるか考えてみて欲しい。運命だとか因果だとか、鼻で笑ってやりたい。私は今ここにある私として、これからを自分で決断し行動し、足掻きもがいていくだろう。結果はどうあれ。

なので、「月美さんにはトラウマがあるから」と私の行いを必要以上に免罪して責任を放棄させたり、私を私でなく病名で呼ぶことはやめてもらいたい。テクニカルタームは双方が専門知を持っており使った方が話が早く先に進むときに使うものだ。更に言えば、私に貼り付けられるラベルの名は自己理解に使われるべきもので、他人をわかった気になるために存在しているのではない。私は標本じゃない。もっとグロテスクに滑稽で、ただ私は私の色々を私なりに生きているというだけのことだ。

ＫＯ‐ＢＯＹだった弟が刑務所に入ったとき、いつも荒れている私の実家は更に荒れた。その頃私は精神科通いの引きこもりニートで両親の悩みの中核だった。台風の目は静かだと言うけれど、中核にいる私は静かを通り越して底の底まで沈み、生きているのか死んでいるのか自分でもわからないほど沈黙していた。どうやったらこの深い穴から抜け出せるのか皆目見当も付かず、暫く見ていない光の眩しさを想像するだけで苦しく、ひたすら布団を被って過食していた。

そこにやって来た弟の逮捕。私は布団を放り投げて飛びついた。自分でも信じられないぐらい体中に力がみなぎり、すっごく元気になったのだ。だって、すっごい大変じゃん！ 家族皆、精神が参っちゃうよね！ 任せて！ 私、精神病院で色々学んで来たから！ 精神が参っちゃうこと、大得意！

私は今までが嘘のように活動的になった。留置、勾留、裁判所。すべてに出掛け、いそいそと差し入れをし、落ち込む母を慰め、暴れる父をなだめ、弟に姉貴ヅラをかました。「今、私、必要とされてる！」。麻布警察署に行く途中、飯倉交差点の信号待ちで空を見上げながら私は確信した。空なんて見るのも久々だった。

私が元気になったのは、必要とされた以上にもっとグロテスクな理由がある。家族内最下位から脱出できたからだ。両親は姉弟を比較して褒めるのが常であった。きっと他に子どもの褒め方を知らなかったのだろう。だから、中学の半ばまでしか教育らしい教育を受けていない私は当然万年最下位で、「才色兼備」が好きな四字熟語第1位にランクインするような両親のもとで、私は「色」しか誇るところがなく、それも摂食障害で「色」じゃなくて「食」に置き換わってしまい、なんかもうそれなのに一番親の世話になっててほんとすみませんって感じだった。当時、姉はNYの国連で働いており、弟はKOからメリルリンチに内定が決まったところで、こっからどうやって肩並べろっていうんだよ、もう私のことはミミズかなんかだと思って穴の中に居させてください、と絶望していたところへ弟逮捕速報。よっしゃ！　最下位脱出！　これが私の嘘偽らざる本音だった。刑務所よりは精神科の方が両親的にマシ。つまり私、2位。弟氏、大学も退学になり内定取り消し。深い穴へようこそ。

この件で国連から左遷されスネイルメールしか届かない僻地《へきち》に飛ばされた姉は真面目にちゃんと家族を心配していて、姉の高潔ぶりに気が引けたけど、私は心底ホッとしてイキイキと荒れ狂う家族の世話をし続けた。

母は謎な宗教に傾倒し裁判が終わるとその宗教の合宿所みたいなところに泊まり込み、私はアル中の父と宗教グッズで飾られたシュールなインテリアの実家に二人きりになった。父が、引きこもっていたときは全部母に押し付けていた家事の一切も嬉々として行った。父が割る食器やその他も全部片付け、ちゃぶ台を返して割った液晶テレビは二画面対応にして、「お父さん！　こっち側の画面は映るよ！」と父のアル中ライフを支えた。引きこもっていたときは話もしなかったのに、ホリエモンにかぶれて経済事犯で捕まった弟を「せめて思想犯なら……」と嘆く父の愚痴もとことん聞き、「さすが60年代に青春を送った人は違うね！」とよくわからない合いの手を入れながら酒を注いだ。マルサが入ったときも、「大丈夫！　私、伊丹十三作品、全部観てるから！」と何も大丈夫ではない理由で実家を管轄し捜査に協力した。２ＬＤＫで築50年の実家の捜査は私の腕まくりも虚しく、隣人に気づかれることもなくあっさり終わり、当然何も出てこなかった。宗教合宿から帰って来た母は、「お母さんね、全部わかったの！」と瞳孔をカッ開きながら言ってきたが預金残高はわかっていなかったらしく、被害者への賠償金等であと数十年は借金生活が続くことを知ると、それ以上のめり込まないでくれた。

しかし、そんな私のアドレナリン全開の日々は弟との手紙のやり取りで急速に失墜することになる。

私は時間が許す限り弟に手紙を書いていた。弟が寂しかろうというのは建前で私が寂しかったのだ。長年の引きこもり生活でほとんどの人間関係を失っていた私は弟との手紙のやり取りが唯一の同年代との交流だった。最初は家族の現状を伝え弟を励まし、お前の迷惑の尻拭いをしてやっている姉ちゃんを気取っていた私だが、頻繁なやり取りによってお互い込み入った話や家族以外の話も書くようになっていた。それで特に書くこともなくなってきたある日、私はちょっと気になっていたことを書いてみたのだ。性虐待の記憶である。

私は以前から精神分析を受けていて幼少期の性虐待体験を思い出していた。でもずっと、そんなもの嘘だと思っていたのだ。精神科にかかる前から違和感はあった。けれどグレてからも家出少女になってからも色々あったし、あまり深くも考えたくないので封印していた。Dr.にほじくり出された記憶に混乱はしたものの、その直後に弟の逮捕劇があったので、私は私にとって都合の良い混乱の方に身を投じ、それどころじゃないんですというていで過ごしていた。だから弟への手紙にも「なんかDr.にこんなこと言われちゃってね。でもフロイトによると虚偽記憶というものが云々カンヌン」と、姉ちゃんの近況報告と知識マウントで留めた。

でも、弟からの手紙は違った。もちろん姉弟間だからセクシャルな記述は極力避けられていたし弟なりに姉を慮った内容だった。

今でもその下手くそだけれど整えて書かれた文字列を覚えている。

「俺、気づいてたよ」

その他にも色々書かれていたし加害者である知人の名前は私が伏せていたのに記憶と一致していた。あのとき何もしてやれなくてごめん、みたいな言葉で締められていたと思う。だけど、その一文以外の文字は手紙からバラバラとこぼれ落ちるように感じた。「俺、気づいてたよ」

そこから私はほとんど動けなくなった。体がこわばって力が抜けず動けない。頭の中は高速回転でグルグルし続けるかと思えば急にスイッチを切ったかのように真っ暗になる。そんな私を両親は「いつものウツだ」と思い放っておいてくれ、私も年老いた両親にこれ以上負担を掛けぬべく黙り続けていた。

唯一の証人である弟が塀の中に居るというのは、変な言い方だけれど、ものすごくちょうどいい距離だった。私は夜中に弟を揺さぶってでも当時のことを詳しく聞き出したいという衝動に駆られたりしたが、塀の中にいる人間にそれは無理で、電話もメールも出来ず手紙という最もアナログな方法しかない。それに弟の居た刑務所は1ヶ月間に出せる手紙の枚数が決まっていて、私と弟は時間をかけてちょっとずつやり取りするしかなかった。結果的に、それは私が私を取り戻すのにちょうどよい方法だったと思う。私は少しずつ動き、弟に手紙を書き、精神科にまたゆっくりと通い出し、ときどき寝込み、それらを繰り返していたら弟の出所が決まった。弟に今まで出した手紙は全部そっちで捨てて欲しいと頼んで、私はその日、母と二人で迎えに行った。

身長が188cmもある弟は痩せてしょんぼりと立っていた。駅に向かうタクシーの中、弟はとにかく甘いものが食べたいと言い、実家に戻る前に三人で甘味処に寄ってあんみつを食べた。弟がクリーム白玉あんみつを二杯も食べるので、私が「あんみつってお代わりするようなもんじゃないよ」と笑うと、それまで罪悪感と自責の念で縮こまっていた弟は少し笑った。私も同じクリーム白玉あんみつを注文し、「これでいい。これでいい」と唱えながらぐるぐると黒蜜をかけた。「そう。これでいい」。アイスと黒蜜の混ざったギュウヒをむぎゅむぎゅと噛み締めながら、私は本当にそう思ったんだ。やけに飲み込むのに時間がかかったけど、アイスで流し込んだ。

これでいい。弟の逮捕劇も私の性虐待の記憶も、これで一旦かぎかっこをつける。色々あった。でもここまで来た。これからも前科はついて回るし、弟は針のむしろのような実家で更生に努め謝罪と賠償金を払い続ける。私だってこれからもフラッシュバックに悩まされながら治療が続く。私たちは加害者で被害者で、被害者で加害者で、色々あって、それでも生きる。弟は前科者だけど、それだけじゃない。私は精神疾患だけど、それだけじゃない。ラベリングで解釈されるほど私たちの生は単純であるはずがなく、もしその単純さを受け入れてしまえば、私たちは主体としての責任を放棄して「○○として」生きなければならず、それは真に罪をつぐなったことにもならず、私たちの投企《とうき》の可能性を狭める。

弟が娑婆《しゃば》に出されるまでに、私は様々なシンポジウムに駆り出された。精神科のDr.たちが私の色々をとても喜び、Dr.自身の理論を裏付ける格好のサンプルとしたからだ。「性虐待に遭ったから」「DVに遭ったから」「だからこの人は精神を病み、弟さんは犯罪に走った」。単純明快なそれらは、そう言われればそうなのかなと思えるくらいには出来上がっていた理論にちょうどよく当てはまり、これからの私たちをも決めつけてしまいかねないほど紋切り型だった。「回復に必要だから」と立たされたシンポジウムの壇上で、私は突っ立ったまま会場から哀れみと好奇の視線を何度も受けた。〝見世物小屋のフリークス〟。正直言ってそう思った。今でもたまにそう思う。私にその自己認識を植え付けるくらいには、Dr.の理論は完璧で力強く、私を打ちのめしそうだった。でも、それでもここまで来た。シンポジウムに登壇したあとは1週間以上寝込んでも。私のことが好き勝手書かれた論文が送られてくるので郵便受けが自分じゃ開けられなくなっても。ウィークネス・フォビア（弱さへの嫌悪）だと言われても、それでも私は解釈を拒否し因果律を拒否し運命に中指立てて、このぐにゃぐにゃとした辻褄の合わない生をこれからも生きる。原因究明なんてどうでもいい。色々あった、ただそれだけのこと。ぶっ壊れた日常を取り戻す方がずっとずっと大切だ。今ここにいる私たちは、行きつ戻りつせざるを得ないけれど、それでも今ここを噛み締めて始める。何も解決しないまま。

「お父さんの雷を一回喰らったら、あとはゆっくり寝な」。私がそう言うと、弟はコクンと頷いて、「姉ちゃんもね」と言った。

社会運動

やるべきことがある人に憧れる。行くべき場所がある人に憧れる。私が精神を病むと周囲は「ゆっくりしなさい。今は休むとき」と言ってくれた。その善意に満ちたあたたかな言葉に包まれて、私の20代前半はほとんど精神科と四畳半の自室のみで終わった。正直に言えば休み過ぎたと後悔している。大学も中退し職もなく布団と善意の言葉にくるまれて、私は一体いつ自分が動き出せるのか、これから自分はどうなってしまうのか、凍えながら過ごしていた。寝床にいる私に「じゃあ行ってくるね」と責めもせず仕事に向かう母を見やり、心の底から羨ましかった。——毎日行くところがある人はいいな——。化粧もせず服装にも気を払わず、裕福なわけでも名を成したわけでもなく、ガサガサの手で鞄を摑み、いい歳こいて寝てばかりいる娘を養い、それでも行くべきところに毎日向かう老婆の後ろ姿を眺めながら、私は今すぐ人生を取り替えてもらいたいと本気で思っていた。

けれど私はまだ毎日どこかに行けるほどの気力体力を蓄えておらず、仕事など無理で、友だちもいない。結局いつも通り、たまに起き出してのそのそと精神科に出かけ、診察を受けそこで仲間たちと話すだけ。数年繰り返したこれがあと何年続くのだろう。不安を抱えたまま仲間の話を聞いていると、多くの者が社会問題のシンポジウムや社会運動のＮＰＯなどに行っていることを知った。ウツが少しは回復し動けるようにはなったけれど、まだ働くのは難しい。そんなときにシンポジウムやＮＰＯはちょうどいい出かけ先だったのだろう。真面目で勉強熱心な仲間たちに倣《なら》って、私もそのような集まりに頻繁に出かけるようになった。20代の半ばから30代の前半まで、かなりの数の集まりに顔を出したと思う。

きっと病んだことの意味が欲しかったのだ。長い間ものすごく苦しい思いをすると、たとえ良くなろうと、その経験を「大変だった。でも治って良かった。それでは」みたいに割り切れない。「病気になって良かった」なんて絶対に言いたくないし、ならない方が良かったし、「病気のおかげでわかったことが」なんて口が裂けても言うもんかと思っているけれど、それでもこの経験を自分にどうにか落とし込みたい。そんな風にも感じていたのだと思う。私にしてはなかなか健全な行動先だ。

シンポジウムに行くとたくさんのＮＰＯが集まっていて、壇上にはその界隈の著名人が並び、難しいけれどためになる話を聞かせてくれた。病気や障害と社会問題の距離は近く、「障害の医学モデル（障害は個人に帰するという概念）と社会モデル（障害はその障害を障害化させている社会の方に問題があるとする概念）」なんて基礎教養で、日本の障害者運動の歴史、メンタルヘルスの変容、女性差別と病について、などたくさんのことを教わった。私はどんどんそれらの集まりにのめり込み、顔見知りもできてきた。その場にいる者たちはとかく意識とリテラシーが高く、私が知らないことを何でも知っているようで、頻繁に集まっては議論を交わし、何かにつけ発信していた。皆が何について議論しているかすらわかっていなかった私は置いていかれないよう必死で学び、仲間に入れてもらおうと、もはや「あんた関係ある?」みたいな集まりにまで顔を出した。でも良いことだと思った。社会には明らかに問題があるし、そのことを一人でも多くの人が知り何か行動していくことは良いことだと、そのときの私は思っていた。

確かに、社会のために何かをすることは素晴らしい。今でもそう思う。学べば学ぶほど、自分が今当たり前に享受しているものは先人たちの闘いの延長線上にあることが実感としてよくわかる。権利も言葉も振る舞いも、先人たちから与えられものだ。自分はそこにあぐらをかいていて、自分だって闘うべきなのではと思ったりもする。

けれど、どうしても馴染めなかった。私のウィークポイントである「人間関係」がその場では色濃く作用するようにどうしても思えて、しんどくなってしまったのだ。

界隈は界隈と呼ぶに相応しいくらいには狭く、少しでも目立つ者やどこかの代表者などはみんな名前を知っていて、それ以上のことも知っていた。「あの人とあの人は仲良くて、あそことあそこはバチバチ」みたいな情報がシンポジウムの後の懇談会や頻繁にある集まりの中で交わされ、それが社会運動の推進に影響しているとかささやかれ、然もありなんと皆が頷いたりし、私は「浅間山荘って何年だったっけ」とか意識を飛ばすくらいには上の空で聞き流していた。でも、言葉遊びの好きな著名人ほど「アディクションの反対はコネクション」とか言ってきて、依存症（アディクション）の回復には人脈（コネクション）が大切だと説いた。こちとら、その人脈ってのが嫌いだから依存症やってんだよ！とか思ったけど、あまりに言われるので自分が悪いような気になってきて、その人脈とやらを作らねばと頑張ってみたりもした。結果は秒でわかるのだが、全然出来なかった。

どうやらこの界隈では「何者か」であることが非常に重要であるらしく、まぁ社会に影響を及ぼそうと思ったらそれも当然で、私の属性は「精神疾患の当事者」という界隈ではありふれたもので、誰も見向きもしなかった。それで私はたくさんの「何者か」に会い、話を聞き、ひたすら勉強した。

勉強の甲斐あって皆の議論がわかるようになるにつれ、ものすっごく失礼だけれど、「ホンモノ」と「ニセモノ」がいるように思えた。社会問題に真剣に取り組み、清濁併せ呑んででも、どぶさらいのような地道な作業を粛々としてでも、自分のネームバリューを闘いの道具にしてでも、本気で社会を変えようと日々努力してくれている人たちは本当にいた。

私はその人たちを多分一生尊敬し続ける。

でも、社会問題を自分が名を上げるための道具として使い、それっぽいことを言って周りをけむに巻き本質的なことは何も知らず何もせず、でも細かな人間関係だけはよく知っているので事情通として振る舞い、女性の連絡先を聞いて「相談に乗る」というていでファミレスのドリンクバーを奢っただけでデカいツラをし、相談だけでなく女性の上にも乗り、どこにでも顔を出すからどんどん名を知られるみたいな人に心底うんざりした。話を聞いているだけで魂のレベルが下がる気がした。

じゃーお前はどうなのだと問われれば、そんな俎上《そじょう》にも載らないくらいのone of themで、陰で「シンポジウムおばさん」と呼ばれていた。その通りなのだけれど、人間関係で揉めて次々バーンアウトしていく善き人たちを眺めながら、私がここに居る意味って何なのだろう、社会には変わって欲しいけれど自分で責任も負いたい、私の親には問題があったのかもしれないけれど私にだって相当問題あったよ、とかどっちつかずのコウモリみたいに彷徨っていた。界隈の不健全さも知ってしまったけれど、でもコミュニティってどこもこういうものなのかもしれないし、それにしても皆「人脈」「人脈」言い過ぎじゃない？反社かよ。でも社会を変えるってある意味反社かも。とか、どうでもいいことを考えながらタバコを吹かしていると、喫煙所にその子がきた。その子は私よりも若くて、私より積極的に運動に参加していて、私よりヘビースモーカーで、私よりたくさんの知識と人脈を持っていた。深々と煙を吸い込むその子に、「この前のデモも行ったんだよね？　なんでそんなに頑張れるの？　若さ？」と、私はエイジズムバリバリ、おばちゃん特有の開き直りで皮肉を言った。するとその子は煙を吐き出した後、何のてらいもなく「あたしさ、こういうことやってる自分が好きなんだよね」と答えたのだ。「ぶっちゃけ、そんなに社会変わんないと思ってるよ。そりゃ変われば良いけど、あたしが生きてる間には無理じゃん？　でも、あたしはこういうことやってる自分が好きだからやってんの」

参りましたって正直思った。すごい健全じゃん。その子の社会問題への向き合い方は非常に自覚的にシンプルで嘘がなく、それはどんな美辞麗句よりもタフに見えた。

結局、私は社会運動に取り組む自分がそんなに好きになれず集まりからは足が遠のいたけれど、その子は今も現役でたまにＳＮＳなんかで見かける。絶対「何者か」にならないという信念があるためどっかの代表になったりはしていないけれど、地道に粛々と社会問題に取り組み続けている。すごいな、かっこいいなと思う。

私は理想や建前や綺麗事、それらを重んじている。それがなかったら人間は生きてすらいけないと思う。世の中を信じたり人間を信じたりするにはそれらが必須で、本音を言えば良いってもんじゃない。けれど、その子は私が重んじるそれらと本音との距離に自覚的であり、だからこそ理想を掲げ続けていられるのだと教えてくれた。私のようにギャップにいちいち驚いていたらすぐ疲れ果ててしまう。「ホンモノ」「ニセモノ」なんて思っていたけれど、社会が変われば別にどっちでも良いわけで、玉石混淆《ぎよくせきこんこう》の力学で社会は変化していくのかもしれない。

さて、ここまでで終われば結構良い話だし、私はさほど色んな人を敵に回さずに済むのだが、どうしても終われないので、もう少しシンポジウムおばさんにお付き合い願いたい。二つほどある。

一つは、依存症モデルは便利かもしれないけれど、むやみやたらに使われすぎではないか、ということだ。依存症モデルとはざっくり言うと、大変な苦痛や困難を抱えた者が、その自己治癒として何かに依存した結果、その依存自体が病となるという病理モデルのことである。この考え方は多くの依存症患者を救った。昔は依存症なんていうと、甘えや怠け、意志の弱さが原因であり、ならば自己責任と解釈されてきた。それが、自己治癒としての依存、という考え方で依存症者は意志の弱さという呪縛から解放された。そして己の状態が病であり個人の努力で何とかできるものではない、だから治療が必要だ、という権利をも手にしたのだ。画期的である。大袈裟でなく我々依存症者の命を救った。

しかし、この依存症モデルは非常に理解しやすいため、言おうと思えば何にでも適用できる。代表例が「すべての人間は依存症である」。一見それっぽく聞こえ納得しそうにもなる。また、すべての人間は依存症になる萌芽を持っている、であればその通りだと思う。社会の変化に伴い依存症の種類が増えることも当然だろう。しかし、すべての人間が依存「症」であるなら、それは病という概念が無効化される。依存症者は治療が必要な病人ではなく一般の者と何も変わらないのであって、皆がそうなのに己だけ苦しいのはすわ自己責任になる。これは振り出しに戻っただけでなく、依存症を甘えではなく病気なのだと闘ってくれた先人たちの努力を踏みにじり、現在の依存症者の権利をも剝奪する。確かに人間は依存しあって生きているが、それは全員が治療の必要な病人であることを意味しない。ハームリダクション（依存の対象を断つのではなくゆるやかな依存対象に代替していく治療法）は、「病」を認識したその先の議論だ。言葉遊びがしたいだけなら他所《よそ》でやって欲しい。社会問題にいっちょ嚙みしたい者ほど、専門家でもないのにこの依存症モデルを好き勝手使う傾向があるように見える。それは私が依存症だからそう見えるだけかもしれないけれど、迷惑なのでやめて欲しいと聞くたびに思う。

もう一つは、社会のために行動できる人やしたい人と、できない人やしたくない人がいる、という単純な事実だ。私は#Me Too運動が盛んだった時に幾人かの仲間を亡くした。性被害を受けた仲間たちだ。その仲間たちは運動が盛んになればなるほど自分を責めた。「何もなかったことにしてのうのうと暮らしている自分が許せない」「自分の責務を果たしていない気がする」。彼女たちはフツーの生活を送っていた。家族にも内緒でカウンセリングに通い、フツーの生活を必死で築いていた。声を上げることは彼女たちにとって築いたものを壊すことだった。困惑した彼女たちは自分自身を壊した。こんなこと、社会運動に携わっていればほとんどの者が知っていた。心ある団体は、#Me Too運動の際必ず先にそのことを述べた。決して無理をするな、と。自分を守ることを最優先にしてくれ、と。我々がやるから、と。でもそのことは報道されにくく、注意を促さない団体もあり、いまだ苦しむ彼女たちはいる。

社会問題は山積しており、運動も数多くある。しかしそれらの究極のゴールはどこにあるのだろう。私は、皆がのうのうと暮らせる社会にあると思う。誰かが何者かになるためでも、気の利いた言葉遊びをするためでもなく、誰もがのうのうと生活ができるように。

行動しない人、声を上げない人、その人たちは何も悪くない。する人は立派だけれど、しない人が劣っているわけでは決してない。経験に意味なんかなくていい。誰かの傷は旗にして振り回すためにあるのではない。このことだけは、付け加えておきたい。

摂食障害

私は味わうことができない。おいしいものを食べることにも興味がない。摂食障害になってから20年以上が経つ。10代の頃から拒食と過食を繰り返し、嘔吐が体質的に無理な私の最低体重は40kgで最高は90kg。クローゼットの中にはサイズがバラバラの服が並んでいる。とは言ってもも30代になってからは拒食をする体力もモチベーションもなく、もっぱら過食一辺倒。40歳の今も現役の過食症だ。

摂食障害は誰しもなり得る罹患《りかん》率の高い病で、特効薬もなく、つまり私のような人間は珍しくないのだが、今のところあまり治す気がない。私はきっと、今までも過食症でこれからも過食症だろう。

昔はとにかく治したかった。初めて精神科の門を叩いたのも自分ではどうやっても止められない過食行動をなんとかして欲しかっただけで、ウツだと診断されても、そりゃ太ったらウツにもなるわ、痩せればまた元気になるからどうか過食を止めてください、と医者に懇願したものだ。けれど全く止まる気配もなく途方に暮れていたところ、依存症の専門家から「過食はお守りだよ」と言われた。いわく、「依存症者やサバイバーは嵐のような困難や苦悩の中を生きている。そのときに過食は自己治癒的に働く。お酒や違法薬物より、健康被害も少なく合法で、糖尿病にさえ気を付ければ一生自分を助けてくれる」とのことだった。

最初に聞いたときは、そりゃそうかもしれないけれど太るなら死んだほうがマシってこともあるじゃん、なんて若かりし頃の私は思ったりもしたのだが、言われた通りだった。依存症でサバイバーでオバチャンの私には、体型なんかよりも深刻な事態が次々に起こり、体型なんかで得をすることもほとんどなくなり、「めちゃくちゃ食って寝る」という技を使えることに感謝したいほど過食は私を助けてくれた。

日中は家事育児仕事に忙しく自分の食事に構う暇などない。腹を満たす、そのためだけにしか食べ物は存在しない。たまに誰かと食事に行くこともある。味はわかる。おいしいものとまずいものもわかる。わかるけれどどうでもいい。それよりも、食事中に交わす会話、摂取している栄養素、場の居心地や雰囲気、それらのほうがずっと興味があるし大切だ。

摂食障害者は食べ物に強いこだわりを持つため、「食べるなら絶対においしいものを」

と遠くのレストランにまで出かけたり、調理師免許や栄養士の資格まで取る者が少なくないのだが、私とコインの裏表だろう。私は強いこだわりを持った挙句にそれが反転してどうでもよくなってしまったのだ。私は味わうことができない。

気づいたのは先輩作家と話しているときだった。先輩はよく誰かの文章を評して「味わい深い」という人だった。日本語話者なら当たり前に使うその表現に自分が久々に触れていることに気づいた。味わい。「いや〜本当ですよね。こういうソーサー付きのカップでお茶を味わうような文章には憧れます。私の文章はペットボトル一気飲み！　って感じなんで」。謙遜でも自虐でもなく私は言った。ゆったりと吟味しながら少しずつ咀嚼《そしゃく》し、芳醇に広がっていく深みを感じる、なんて読み方を私はいつしたっけ。先輩の読み方はまさに「味わって」いて私は、この人こんなにもゆったりと読んでいて書評の依頼とかよく間に合ってんな、と味も素っ気もない感想を抱くだけだった。味わいなんて私の中にはしばらく存在すらしていなかった語彙を使う先輩の文章を読み返すと地味な題材をまろやかな表現で滋味深く書き上げてあった。

私の過食はほとんど毎晩のように行われる。そして逡巡《しゅんじゅん》も同じように行われる。やらないに越したことはないのだ。朝がくれば後悔するに決まっているのだから。胃もたれ、虫歯、体重増加、体にいいことなんて何もない。それに伴う倦怠感《けんたい》、頭の回らなさ、自己嫌悪にまみれ、何度も何度も経験してきたあの朝が来る。振り払いたいあの朝が。ためらわないわけがない。

子どもたちを寝かしつけ、布団の中で試してみる。このまま私も眠れないだろうか。一日のご褒美のような最高に可愛い子どもの寝顔を見ながら、自分は幸せで恵まれていると思う。なのに、なぜ食べなければならないのだ。腹も減っていないのに。今日やるべきことはやったし、家事も育児も仕事だって頑張った。キッチンのシンクは磨かれていて、食器は食洗機の中で、冷蔵庫の中にあるのは明日の朝食の分で、炊飯器は翌朝炊き上がるようにタイマーがかけてある。私がこのまま寝てしまえば明朝には美しいキッチンで満ち足りた食事を用意できる。それなのに、なぜ。

布団に潜り、スマホを眺め、本を読み、眠気がくるのを待つ。けれど、やってくるのは恐怖と恥と焦燥《しょうそう》感。たすけておねがいたすけてください。たまに本当に叫んでしまう。隣の部屋から夫が来て、「どうしたんや」と声をかけてくれる。「ごめん、大丈夫、いつもの」と答えると、「そうか」と言って夫は私を放っておいてくれる。ありがたい。私は恵まれている。恵まれているのだから自分でなんとかしなければ。閉じかけた目を開けて立ち上がる。私は食べなければならない。

冷蔵庫を開け、味の濃いもの、炭水化物、カロリーの高いもの、次々に取り出し、椅子に座るのももどかしく口の中に放り込む。咀嚼している間に鍋を火にかけパスタを茹でる。どんぶりに米を盛り、その上におかずを載せ、テーブルいっぱいに広がった食べ物を片っ端から飲み込んでいく。皿も使わずボウルに投げ入れ、または袋のまま、彩りや栄養や作法もすべて踏み躙られた食べ物たちを途切れなく頬張り続ける。はやる気持ちでまだ茹で上がっていないパスタをざるに移し、適当なソースや麺つゆをぶち込んでまた頬張る。ほとんど噛まずに飲み下す。血糖値が上がりすぎて目眩がしてくる。もうだめだ。このまま倒れてしまう。ありったけを口の中に詰め込んで、前屈みで布団に移動し気絶するように眠りにつく。私はそうやって食べている。「味わう」。その感覚を手放して長いこと経つ。

食べ物を味わうことができなくなった代わりに、私は様々な感覚を味わわずに済んでいる。腹が膨れてしまえば正常な思考など無理だ。なぜ切迫した思いに毎晩襲われるのかそれ自体も考えなくて済む。自分の空虚さに対峙せず胃を満杯にし、過剰な自意識を味覚で圧倒し、絶望を胃もたれで上書きし、私はようやく眠りにつける。冷蔵庫が空っぽで災害避難用の保存食まで食べる私はいつまでも過食へ逃げ続けている。自分のどうしようもなさを知りたくない。みっともない、独りよがりで、情けない自分。家事も育児も仕事も片付くと、残っているのはそれだけだ。私はみっともない理由を作りに冷蔵庫を開ける。私自身がみっともないわけではないと。過食という行動がみっともないのだと。

「過食はお守り」。確かにそうだ。重だるい胃を抱え朝目が覚める。キッチンに立ち、昨晩の残骸を片付ける。どんぶりにこびり付いた米つぶ、床に散乱したパンくず、テーブルに垂れたアイス、シンクには乾き切った数本のパスタ。もう食べ物ですらなくなった食べ物の死骸をひとつひとつ拭いながら、これが、この汚物が私のお守りなのだと。醜く、汚い、成れの果てを片付けていく。

私は味わわなくて済んだ感覚に胸を撫で下ろし、キッチンを磨き、残っている食材で献立を組み、自分は食べぬ朝食の用意をする。もう、子どもたちが起きてくる頃だ。

婚活

「結婚すれば？」。主治医は久々にちゃんと診察に来た私にそう言った。数年前からウツが酷く、大学も中退し、実家で布団を被って襲い来る希死念慮を紛らわすため過食症で食べ続けていた私がようやく診察室に現れたのに、だ。

この先私どうなっちゃうんだろう、こんな自分なんか捨ててしまいたい、逃げたい死にたい消えたい。「苦しいです」。そう伝えることがやっとなのに、アッサリ主治医はそう言ってカルテを閉じた。

追い出されるように診察室から出て会計や処方をこなしながら、私はアイツ何言ってんだ？　精神科の医者のくせに頭おかしいんじゃね？　くらいには主治医に心の中で毒づいた。だって、ここに来るのもやっとで母親の付き添いアリ、学歴職歴共にナシ、体重は90kgを超え、最後に鏡を見たのがいつだったかも思い出せない。結婚？　そんな正月の集まりで親戚のジジイが言うようなことを聞きに金払ってここまで来たんじゃねーよ！「先生なんだって？」。心配そうな母親の顔をよそに私はチョコモナカジャンボを頬張りながら実家まで帰った。

自分の部屋に戻る。万年床と食べ散らかしのゴミ。私はまたここに戻って今までと同じようにこの部屋のゴミ製造機、いや、ゴミの一部となって次の診察まで過ごす。そう思うと身震いがした。せめて部屋だけでも片付けよう。久々に外に出て他人と喋った勢いで私は動き出した。そしてそれを機にまんまと婚活まで動き出してしまったのである。

ずっと痛くて痛くて堪らなかった。その痛みを鈍麻《どんま》させるため、私は食べて寝てを繰り返し状況を悪化させていた。痛みの原因なんて過去の色々とか今の色々とか、もう生きていくことが不安で恐怖で堪りません、そもそも「生きる＝激痛」って感じだから原因とか考える気にもなれない。でも診察室では寝るわけにも食べるわけにもいかず、たった数分間、直にその激痛を味わってしまった私はもう二度と同じ思いをするのが嫌で、でも止まってしまったら同じ痛みを味わうか痛みが増すかしかないことはわかっていて止まれなくなった。昨日まで自室にこもっていた私が急に部屋を片付け数週間ぶりの風呂に入ったことで、母親は「先生って名医ね！　次の診察も絶対行きましょう！」と言ったけれど、私はあのクソジジイとしか思っていなかった。

ずっと外に出ていなかった人間が外に出て世間様にお見せする仕様になるには随分手間暇がかかる。精神科の診察室までのどこでもドアが欲しかった。入浴も爪切りも歯磨きも、それらが出来るようになったら服と化粧と髪型と。それらが出来るようになったらもう診察で、診察室では同じことを言われ、私はまた激痛を喰らい、次の診察までに結婚を決めてやる！　なんて無茶なハードルを自分に課し続けた。電車に乗るのもツラく、誰かに会うなんてもっとツラい。しかし私は自転車を漕いでお見合いパーティーや色んな場所に出かけた。無理がたたって倒れたことも幾度となくあった。それでも。私にはゲンジツってやつの痛みを味わうくらいなら体が悲鳴をあげてくれた方がマシだった。誰と会ってもどこに行っても私は内心叫び出しそうだった。生きていくのが怖いんです、こんな自分が嫌なんです、それらをかき消すために私は婚活をし続けた。

上手くいくわけがない。運よく誰かと出会っても、「何をしている人ですか？」という当たり前の質問に私は答えられなかった。私は実家に寄生しながら精神科に通いつつ婚活をしている人で、そんな事故物件をわざわざ選ぶ物好きがいるとは思えず、私はそんな自分から目を逸らすために婚活しているくせに、「自分を見つめ直しているところで」と広げにくい返答をしながら深淵な女性を気取ったりしてみたけれど、相手に私の体型を一瞥《いちべつ》され

「食生活についてですか？」と爽やかに返され、そのまま帰路にも返されたりしていた。

婚活のアリバイ作りのためだけにバイトを始めたけれど週2で一日2時間という、採用即戦力外みたいなセレクトショップでの仕事は90kgの私が動くだけで並んでいる商品を次々に落とし、早々に裏方に回された。だがビジネスメールの書き方もわからず、本社とのやり取りに「こんにちは☺」という件名で送ったらスパム扱いされた。


そうして足掻き続ける私は精神科の仲間たちに励まされ、というか面白がられ、今の夫を紹介してもらった。夫は私を見て「なんだか一生懸命な人」というギリ間違ってはいないけれどだいぶ目が曇った好印象を持ち、結婚前提でお付き合いをしてくれた。ちょうど3・11が起こり、誰しも不安を抱く時世が手伝って、私との結婚という不安要素しかない決断も誤魔化されたのかもしれない。「夫氏の職業は？」と今でもよく聞かれる。多分、「こんな面倒な人と結婚する修行なんて僧侶でなければ何？」ということなのだろうがフツーの会社員である。

動いていなければ痛くて堪らなくて、私は婚活をした。婚活がツラくて早くやめたいがために結婚がしたくなった。でも実際、私は自分が本当に結婚というものをしたいのかもよくわからなかったし、振り返って考える余裕はなかった。少しでも立ち止まって考えれば、またあの布団と食べ物に塗れた生活に一瞬で戻る気がした。今では胸を張って夫を愛していると言えるが、そのときは自分がこの人と結婚して良いのか、私が言える立場じゃないのは重々承知で戸惑いはあった。でもそんなもの、結婚前に夫の実家に挨拶に行って吹き飛んだのだ。私は義実家をとても尊敬していて、ハッキリ言ってしまえば夫と結婚しようと思った決め手は義実家だ。私は義実家の皆と家族になりたかった。

夫の実家は関西の奥深い村にある。最寄り駅から車で1時間半、二つの山を越えたところで農業と牧畜を営む。お義母さんは朝から晩まで田畑を耕し、牛と子どもの世話をしていて、初めて会ったときは小豆を選り分けているところだった。お義父さんは農業のかたわら大工をしており、息子が結婚相手を連れてくるというので気まぐれにしか作業しない作りかけの義実家を大急ぎで玄関だけ完成させた。ちなみに私は夫と結婚して13年目だがいまだ義実家は完成しておらず、まさかのサグラダファミリアの方が先に出来上がるという事態が起きた。

夫は脚に障害があるため弟さんが農業を継いでおり、流行りの「わたしが作りました」に写真が載っている。地元の消防団に属する弟さんは気持ちの良い粋な人で子どもたちと遊ぶのが得意だ。そして近くに住む介護士をするお姉さんは気取ったところのない友人の多い方で、「大根おろしはこの世で一番報われん作業やで」なんて言いながら私たちが帰ると必ず来てバーベキューの用意をしてくれる。お姉さんと一緒に台所に立ちながら、私は夫の愚痴を言い、「そりゃ、あいつが悪いで」なんて言ってもらって溜飲《りゅういん》を下げたりしていて、お姉さんがいなかったら我が夫婦はどうなっていたかわからない。

牛小屋の隣で行われるビフォーアフター感満載のバーベキュー大会は私の希死念慮を吹き飛ばすほどの活力で、大根おろしでも消化し切れないほど皆よく食べる。残った野菜はそのまま牛の餌《えさ》になる。その後に皆で軽トラに乗って蛍を見に行く。薪《まき》で沸かした風呂に入り、ぐっすり眠り、また早朝から牛と田畑の世話をする。本当にカッコイイ。田舎暮らしがどうとかそういうことじゃない。「やっぱり人間、自然の中で暮らさなきゃ」とかいうつもりも毛頭ない。私は都会育ちでこれからも都会の中で生きることしか出来ないだろう。フツーに不便だし、猪や鹿がよく出るが、弟さんの子どもは猫アレルギーだ。けれど皆が皆、精一杯動いて笑って喧嘩して、心底眩しい。私の子どもたちは世界で一番楽しいところが義実家だと言う。それなりに色々連れて行っているけれど、やっぱり義実家が一番好きだと言う。沢蟹を捕まえ、苺をもぎ取り、たくさん転んで立ち上がって駆け回る。この惑星に感謝したくなるほど美しい光景だ。私はこの家族と家族になれたことを誇りに思う。

もちろん義実家において私はまだまだ観光客なのだろうし、良いことばかりでもないのだろう。その村では一年で一番盛り上がるのが「ちびっ子相撲大会」で村の者たち全員が集まる。私がその催しに初めて行ったとき、見慣れない顔に近所の人がざわつき、「あそこの嫁け！」「東京から来たらしい」「黒木瞳みたいやな」と、翌日から私は「東京から嫁いだ黒木瞳」になった。しかし、その頃週刊誌を騒がせていた黒木瞳に例えられることも、「嫁」という家父長制に塗れた呼び名も、私のことを大いに歓迎してくれているからだということくらいはわかるので、私はやっぱりあそこが好きだ。ちびっ子相撲大会なのに、賞品が1位、鍬《くわ》。2位、鼠取り。なども、地域のお母さん方の「絶対自治会費を無駄にせえへん」という心意気が伝わってきてイケてる。

ただ、夫には結構窮屈だったようだ。夫には生まれつき腰回りに大きな痣《あざ》がある。全く健康に支障はないのだが、その大きな痣はちびっ子相撲のまわしでは隠し切れず、周囲が発する同情を幼い頃から感じ取ってきたという。付き合っていたときは隠していた脚の障害を、夫はプロポーズする前に私にカミングアウトし「将来切断することになるけれど、それでも良いか？」と聞いた。私は「脚がなくても幸せはあります」と断言したし本気でそう思っているけれど（だって私の周りにはそういう人がたくさんいた）、夫は自分の身体障害が受け入れられたことにホッとしながらも少し心配だったらしい。今はそんなことを言っていても実際そうなったら……。でもその大きな痣を初めて見たときに私が、「何これ？　宝の地図？　夜になったら光ったりすんの？」と聞いたことで、「あ、この人は脚がなくなっても変わらんわ」と、それが結婚の決め手になったという。人の価値観というのはわからないものだ。

主治医の「結婚すれば？」から8ヶ月後に私は入籍していた。全力疾走で、七転八倒し、8回目に倒れ込んだ先が区役所の戸籍課だった。苗字が変わった戸籍を見て、もう走らなくていいという安堵だけがあった。この話を「主治医の意外な一言が私の人生を大きく変えた」ということもできる。でも、私が頑張った。そういう話に私はしたい。クソジジイと毒づけるくらいに主治医のことは信頼しているし、好きでも嫌いでもないけど、お世話になったし感謝している。ただ、私は精神科で教えてもらわなかったことをたくさん学んだ。「心」以外のこと。人に会うためには体や生活をメンテナンスするしかなく、手探りでそれらを行った。過去のトラウマ以外に何を話したら良いのか、世間話の仕方も知らなかったからキョロキョロしながら世間を作った。夫に「付き合ってください」と言われたとき、承認される喜びを知った。

結婚したからといって、私はビョーキも治っていないし、イイ人になったわけがない。相変わらず自分の痛みに敏感で他人の痛みには無頓着で、いつ捨てられるか怯えていて、寝込んだり食べ過ぎたりしながら暮らしている。だけど、私は頑張った。

「ウツの人に『頑張れ』と言ってはいけない」という神話はいまだ根強くある。別に私だって行きがかり上婚活して結婚しただけであって、結婚制度というものはオワッテルと身に染みて思う。もちろん心を病むほどの過重労働や新自由主義的な生産性を上げるために頑張る必要は全くない。だけどウツの人は「死にたい」人なのであって、その人である私は頑張らなきゃ生きられなかった。「死にたい」人に頑張らなくてもいいというのは、そのまま死を肯定することになりかねない。それなら、後ろ指さされても、人に笑われても、オワッテル制度にしがみついてでも、頑張って生き延びた方がマシだ。ダサくてもみっともなくても、死にたいくらいツラい夜を朝が来ませんようにと願いながら生きた方がマシだと思う。

別に結婚しても全然幸せじゃない。今もヨユーでフツーに死にたくなる。けれど二度と婚活したくないから頑張って結婚生活を営んでいる。痛みを痛みで上書きすることでしかどうやら私は生きていけないのかもしれないけれど、でも、頑張ってここまで来た。

あの叫び出したい夜を何度も思い出す。『明けない夜はない』なんて心底余計なお世話だし。明日が来なければ、どんなにサイテーな夜もサイコーの夜だ」。そうずっとずっと思い続けた夜を。まだ、うまく眠れない。

夫婦とお金

夫は私を理解しない。そんな彼のことが私は好きだ。
夫は高校生のときに交通事故に遭い、脚を損傷し、身体障害者となった。けれど彼は自分の障害をわかって欲しいとも配慮が欲しいとも考えておらず、障害における困難を自分で抱えようとする。それが正しいとは決して思わないけれど、その姿を見ていると潔《いさぎよ》さを感じる。私は彼のことが好きだ。

そのように考える夫は、私の精神障害に対しても特に理解を示そうとしないし配慮もしない。だから結構頻繁に怒られる。でも彼の邪魔さえしなければ、気圧の関係で私が寝込んでいようと、夜中に食い散らかしていようと、それが「月美」なのだと気にもしていない。私にとってその接し方は非常に楽である。彼の元々持っている「自分でなんとかする」という気質も大きく影響しているのだと思う。細かな生活というものを知らなかった私は彼と暮らし始めてものすごくたくさんのことを学んだ。パジャマと外着の中間に「部屋着」

というものが存在することも、紫蘇《しそ》すら枯らした私に花の育て方も教えてくれた。引きこもるか武装して人に会うかの両極端しか知らなかった私にはどれもこれも新鮮で、私は夫をとても尊敬した。

夫は一緒に暮らし始める前、「自分にはインテリアのセンスがないからこの予算内で一通りの家具を決めて買って欲しい」と私に頼んでくれた。そして、「風呂場の椅子を必ず先に買ってくれ」と言ったのだ。そのとき私はようやく彼の障害を意識してちょっと感動した。そうか。こういうことなんだ。この人と暮らすっていうのはこういうことなんだ。しゃがめない夫のための風呂場用介助椅子を、探しに探してピンクにしたら大笑いされた。どうやらアダルトな趣味を持つ方々のための物だったらしい。

一人で生きていける彼に「なんで私と結婚したの?」というといかにもメンヘラっぽい面倒な質問をすると、彼は面倒くささを隠しもせず「おもろいからや」と言う。「あんた見てるとおもろいでな。それだけや」。夫と私は全く合わない趣味と全く合わない価値観を持ちながら暮らした。週末には地域の商店街が行うスタンプラリーに私は彼の脚も考慮せず連れ出し、二人で参加賞の蜜柑やシクラメンを貰って帰った。彼は私の摂食障害を気にも留めず、何かにつけ自分の好物であるお饅頭を二人分買って帰ってきた。私と夫はとても仲の良い夫婦だった。周囲が呆れるほどラブラブで慈しみ合って暮らしていた。子どもができるまでは。

本書を書くにあたって私は珍しく内容に惑い、夫に聞いてみた。あらましを伝え、書いても良いか、嫌な気持ちはしないか、迷惑をかけないか。夫は「好きにしたらええ」と興味なさそうに答えるので私が、でもいつか子どもたちが読んでショックを受けたら……と不安を打ち明けると、夫は「あんた、売れたいん?」と聞いてきた。もちろん！　照れもせず即答する私に夫は首を捻《ひね》って少し考えたあと、「俺はそういう気持ちが全くわからんし、あんたがそうなれるとも思ってへん。けど万が一売れたら、あんたがしてきたことなんて良いも悪いもすぐバレるやろ。そのとき、誰かに好き勝手書かれたもんを読むより、ママが自分で書いたものを読む方が子どもたちはええんちゃうか?」。そう言ってくれたのだ。

そして、「そういえば会社の飲み会で同僚に『コイツの奥さん、作家なんですよ~』って言われたな。URLかなんかも送られてきたわ。あれはイジっとったんやな。悪いけど俺に妻の名前を検索するような趣味はない」。そう何の気なしに言ったあと、ようやく私の方を向いて彼は続けた。「でも、あんたの弟がしたことは別やで。悪いことは悪い。俺はどんだけ腹が減っても闇米は食わん。けどあんたは関係ないやろ。弟がしたことは弟がしたこと。それは結婚前に言った通りや。あんたの弟を許す気はないし、それとあんたとの生活は別や。あんたは好きにしたらええ。『この』あんたを俺も子どもたちも見とる」。そう言って夫は私の姿を撫でるように手を上下させた。

身が引き締まる。私は物書きだ。それは嘘つきということだとも思う。どんなに事実に基づいて言葉を紡《つむ》いでも、それは私自身の色眼鏡を通してしか書けない。けれどこんなにも身近にいる他人が私の行動を見ている。言葉は嘘をつくけれど行動は正直だ。私がどんなに「実はこういう秘めた思いがあっての行動で」なんて言葉を尽くしてもそれは一切考慮されず、夫は目の前の私を見ていると言う。そして子どもたちも。

「まぁあんたは特に立派でも可哀想でもないでな。頑張っておもろい文章書いてローン返済に貢献してくれや。文豪さん、期待しとるで」。そう言って夫は自分の部屋に戻った。そう、我々夫婦は最近家を買ったのだ。離婚の危機から脱するために。

私と夫は子どもができるまでとても仲の良い夫婦だった。互いの価値観を尊重し平行線のまま諍《いさか》うことなく楽しく暮らす。それは可能だった。けれど、子どもはそんな大人ぶった綺麗事をやすやすと飛び越え夫婦の境界線を踏み荒らす。圧倒的な光を放ち、可愛さで我々をからめとり、もみくちゃにされるような日々の中、我々夫婦は何度も衝突した。夫はきちんと子どもを育てようとし、私はのびのびと子どもを育てようとする。私は夫のことを旧来のステレオタイプに捉われていると考え、夫は私を無責任だと考えた。

更に私が本を書き始めたことも大きな原因だった。フリーランスの書き手というのはほぼ年中無休。しかも書き下ろしの本は書いている間、完全に無給。夫にしてみれば、急によくわからない自己実現みたいなことを始めて、それが家庭の家事育児をおろそかにさせ、経済的に楽になるわけでもない。なんの罰ゲームだと思っても仕方がないと思う。

私が文章を書き始めたのはコロナ禍真っ只中の頃だった。自粛要請や緊急事態宣言が出た２０２０年。リモートワークで自宅にこもる夫と休園でずっと家にいる子どもたち。密室の家庭というものがどれほど怖しいか身をもって知っている私は、そこに全力で風穴を開けた。狭い２ＤＫの自宅で夫には一室を確保し仕事に専念してもらう。子どもたちにはダイニングにテントを張り、ベランダにプールを作り、お風呂場の壁に好きなだけ絵を描かせる。きちんとしていない私はその無責任さを活かして子どもたちに非日常を謳歌させた。すこぶる上手くいった。完璧に、上手くいってしまったのだ。

夫は自宅でもとどこおりなく仕事が進み、子どもたちは園より自由な関わりに喜び、私は家族全員に感謝された。皆、「ずっとこのままが良い」とすら言ってくれた。でも、ずっとこのままだったら。世間と隔離されたこの空間で私は来る日も来る日も誰かのためだけに力を注いで毎日が終わる。まるで自分が竜宮城にいるかのように思えた。玉手箱を開けたとき、私はどうなっているのだろう。この完璧な毎日の先に私は。

恐怖と危機感に苛《さいな》まれ、私は文章を書き始めた。ちょうどよく休園が明けて子どもたちを午前中だけ預け、その間ずっと執筆を続けた。中学の頃の読書感想文以来、初めて書く長い文章だった。夫はそんな私を「頑張ってくれたご褒美」のように大目に見てくれていた。初めてそんなことをし出して、きっと実現不可能だと思っていたのだろうし、午前中に私が何をしていようと夫には関係のないことだったから。けれど本が出版され私が忙しくなると夫の協力なしでは回らない。私は子どもたちを夫に預け、夜に開催される出版記念イベントに登壇した。それは夫から見れば、幼子を置いてめかしこみ、楽しそうな催し物に出かける自己中心的な振る舞い以外の何ものでもなかった。もっと言えば、私は夫を納得させるほど稼げていない。彼にとって私のしていることは仕事ですらなかった。それでも、私は彼の嫌がる顔に気づかない振りをして文章を書き続けた。

私たちはまた平行線になった。今まではそれでも同じ方を向いていた。しかし今度は互いにそっぽを向いてしまった。育児の慌ただしさで毎日を誤魔化して過ごしていたある日、夫の海外駐在が決まったのだ。最初は帯同しようかと考えていたが、まだコロナ禍真っ只中で小学校に上がる娘の現地の学校が登校不可のフルリモートであることが決め手となり、夫は単身赴任をすることになった。正直ホッとした。これで嫌な顔をされずに仕事が出来る。でも、そんな風に思うなんて、何でこうなっちゃったんだろう。私が自分勝手だから？　お母さんなのに？　稼ぎもないのに？　文筆なんて野心だしたから？　でも私は文章を書いて初めて世界とつながれた気がしていて、そのようやく手にした感覚を捨てたくなかった。だが、夫は私への信頼をとっくに捨てていたのかもしれない。

郵便受けを開けた瞬間にわかった。嫌な知らせは見なくてもわかる。不動産会社から送られてきたその封書を開けると「解約手続き完了のお知らせ」と記してあった。血圧が下がり吐き気に耐え、震えながら夫に連絡した。連絡には出ず帰宅した夫は子どもたちを寝かしつけた後、「お前に一人で子どもを育てられるとは思わん。この家は解約するからお前は実家に行け」と言った。

無理な話だ。私の実家はすぐ近くである。けれどそれはシェーグレン病という持病をわずらう母の介護のためであり、その持病は免疫疾患の病で、母は風邪を引けば肺炎になるしコロナにかかったらおしまいだ。ネットで出来ない買い物は私がして決して中に入らず玄関に置いていたし、一日10種類以上の処方薬も私が代わりに病院に貰いに行っていた。それなのにただでさえ流行病《はやりやまい》に罹りやすい子どもたちと一緒に実家に住むことは出来ない。それに父に言われたのだ。父は孫が赤ちゃんの頃、とても可愛がってくれた。しかし成長するにつれ生意気になってくる孫たちを見て私に「俺はお前のときのようにこの子らを殴るぞ。それでも良いなら連れて来い」と宣言した後だった。私はそれから夏のスイカ割りのときにしか子どもを父に会わせていない。空手の北関東代表だった父が素手でスイカを割る姿だけを子どもたちに見せて、父と子どもとの交流はそれで留めていた。

結局、私は夫に懇願してアパートの解約手続きを取り消してもらった。夫は海外で、私と子どもたちは東京の自宅で2年間暮らした。きっと、あの解約手続きは夫が私への不満を示すパフォーマンスであったのだろう。けれど私にとっては十分過ぎるほどのパフォーマンスだった。私の生殺与奪《せいさつよだつ》の権は彼が握っている。自分の人生の権利を他人が握っていることの怖ろしさを、彼は私に存分に刻んで渡航した。

2年間、私は必死に育児と仕事をした。顔なんて1週間に1回洗えれば良いほうだった。子ども二人をお風呂に入れ、冷めないうちに着替えさせ、水を飲ませて歯磨きをし、トイレに行かせて寝かしつける。私の家には基礎化粧品なんてなくなった。マニキュアも美容室も。そんな暇があれば文章を書いたし育児をした。でも、思いっきり幸せだった。私は私のやりたいこと、育児と仕事をのびのびとやった。3歳と5歳の子どもを、5歳と7歳になるまで育てた。夫に感謝して欲しいとすら思った。けれどそんな思い上がりは夫の駐在先に行って砕け散った。

一度だけ、会社から旅費が出るというので子どもたちを連れて夫のもとに行ったことがある。駐在先で夫が借りていた部屋は東京の自宅よりずっと広かった。物価も安かったし帯同する予定のときに決めたからファミリーサイズだったのだ。街の中心地から外れ、夫の仕事場までも車で1時間半かかった。でも娘が通う予定だった小学校は徒歩で直ぐ。夫は全部家族のために決めていた。それなのにこの広い静かな部屋に、毎日毎日一人で暮らしている。近くにスーパーもない。だが真下に公園があるこの部屋で。私はこの人から貴重な子どもとの時間を奪ったのだ。そりゃ育児って楽しいばかりじゃないし家族なんて問題ばかり。でもその問題に巻き込まれるか、多忙を理由に問題から逃げるかは大きく違う。夫は巻き込まれることを選んだ。それなのに、仕事も家族もと私は抱え込んだ振りをして夫を爪弾《つまはじ》きにしたのではないか。彼の住むその広い静かな部屋は、子どもたちによってあっという間に喧騒で満杯になった。

愚かな私は夫が帰国して家族全員でまた暮らすようになってからも同じような過ちを何度も犯した。子どもが好きで好きで仕方ないのに文章が書きたくて堪らない。両方きちんとやることは出来ず、夫にはやはりそれが無責任に映る。彼にとって私の振る舞いは仕事とも呼べない仕事を理由に家族から逃げているように見えたのかもしれない。夫は不機嫌になり私は怯えた。何でこうなっちゃうんだろう。私を理解しない彼が好きだったのに、無理解がつらい。何で、何でこうなっちゃうんだろう。妻だって母だって重要な役割で、それを全うすることは尊い。なのに、何で私はそれだけじゃダメで、大した稼ぎもないくせに、夫に嫌な思いをさせてまで。

足掻きながら書き続ける私を尻目に夫はハッキリと言った。「離婚だ」と。夫の「お前のしていることは自己満足だ」という言葉に頷くしかなかった。

欲張りなのはわかっている。だけど。家庭も仕事も失いたくない。私は自分がどこかに行けるのは、何かが出来るのは、「基地」があるからだと知っていた。若い頃は散々家出もしてきた。だがどこに行っても何をしてもいいというのは、「基地」がなければ私は糸の切れた風船と一緒だ。私はずっと漂い続けられるほど強くない。戻る場所がなければすぐに落ちていく。私にとって、どこに行っても何をしてもいいなんて、それは存在しなくてもいいということのように思えた。私が書けるのは家庭があるから。それは間違いない。でも書くのをやめれば家庭という密室で窒息しそうになる。

私は夫の言葉を否定せず、議論の方向だけを変えた。「私たちには距離が必要だと思う」。「私たちは考え方も価値観も違う。それでも子どもたちを大切にしたい。家庭をよりよく運営していきたいという目的は一緒だ。それには私とあなたが直接ぶつからないための距離がいる。それぞれの場所がいる。そういう家に引っ越そう」

幸か不幸か、母の持病が悪化し介護レベルが上がったことでヘルパーその他、外部の手を安価に借りられることになり、私が近くに住む必要もなくなったところだった。私と夫はとにかく部屋数の多い家を購入した。私の稼ぎでも共同ローンが組めたのは夫が今まで地道に働いてくれたおかげだ。夫は私に「自分ひとりの部屋」をちゃんと確保してくれた。ヴァージニア・ウルフをはじめ、数々の女性作家が欲しがった自分ひとりの部屋。私はもう、食卓で書かなくていい。パソコンからふと目を上げれば洗い物が気になることも、炊飯器や冷蔵庫の音に煩《わずら》わされることも、生ゴミの臭いに耐えながら書くことをしなくてよくなった。

言葉は嘘をつき行動を信じるのであれば、夫は私に「離婚だ」と言ったけれど家を買うことに賛成し毎週末物件を見に行ったのだ。「今度書く原稿、あなたの一人称は『俺』でいい?」と聞くとちょっと照れくさそうに頷く。出版社からの書類も当然のように渡してくれる。私はそれを信じる。家庭内の経済格差が権力格差になっていても。ヴァージニア・ウルフが本当は「女が本を書くには自分ひとりの部屋と『お金』が必要だ」と言っていたのを知っていても。ときたま、引っ越ししたてのこの白い床が薄氷のように感じても。

家庭が大事だ。夫のことが好きだ。それは確かだけれど、何度も思う。私にもっとお金を稼ぐ能力があったら。その能力を得るための機会や権利、努力する環境を何度も与えられていたら。私はもっと胸を張って、夫を愛せたのではないか。彼と同等に稼げていたら。彼の親切や思いやりがいつ終わるかと怯えることなく、彼を愛せていたら。夫はもっと幸せだったのではないか。今も、何度もそう思う。

妊娠・出産

子どもを産んだ理由は、暇と好奇心と夫の望み、それだけだ。私は元々子どもという生き物が好きじゃない。だって、わがままだから。街で駄々をこねる子どもを見かけるたび、「私だって駄々こねたいけど我慢してるんだよ！」と羨ましくなる。全身全霊で世界にNOを突きつける子どもは私にとって羨望と嫉妬の対象でしかなかった。

結婚して専業主婦になった私は数々のパートに応募したけれど資格も技能もないからかすべて落ちた。その上行くあてもやることもないので今まで通り精神科のデイケア施設に通った。私のビョーキ、治らないし。でもそこでたくさんのお母さんたちの話を聞いたのだ。

家事育児に忙しい中、わざわざ精神科に来るようなお母さんたちである。99%が「子どもを可愛いと思えない」「育てる自信がない」「毎日がツラくて堪らない」と言っていた。

だから素直な私は「育児って可愛いと思えない子どもを自信がないまま育てるツラいもの」だと学んだ。たまたま可愛いと思える瞬間があればラッキー！　みたいなものなんだな、とお母さんたちを見ていて思った。

精神科のデイケア施設における診察の待ち時間は半端じゃなく長い。3、4時間は余裕で待つ。その間、私なんかは用意されているプログラムである、認知行動療法とかジェノグラム（家族関係図）とかミーティングなんかに出て過ごしていた。でも幼い子どもを持つお母さんたちは真っ先に診察の順番が回ってくる。お迎えの時間があるから。至極当然だ。彼女たちが一分一秒に追われながら悲鳴のように悩みを告白する姿を見ていれば、優遇されない方がおかしいとすら思った。それで私は患者仲間が出産するたび、隙を見てデイケア施設を抜け出しちょっとだけ高いランチをお祝いがてら奢ることにした。これから暫くの間、ナイフとフォークを使った食事なんて出来なくなるから。自分のためにお金を使うことをしたくても出来なくなる仲間たちが圧倒的に多かったからだ。けれどランチをしながら話を聞いているうちに、今度は彼女たちが羨ましくなってきてしまった。我ながら本当にわがままである。

彼女たちは常に「子どものこと」で悩んでいた。医者に「もっと主語を分けなさい。子どものことは子どものこと。あなたのことはあなたのこと」と叱られるくらい、彼女たちの主軸は「子どものこと」だった。叱られた彼女たちが我が身を振り返っても「自分が親にされたことを今度は自分が子どもにしてしまったらどうしよう」と、私にはやっぱり「子どものこと」で悩んでいるように見えた。

いいな。羨ましいな。過酷な毎日を送る彼女たちには申し訳ないけれど、私は素直にそう思ったんだ。私はもう自分自身について悩むことに飽きていた。実家から離れ、する仕事もなく、ビョーキは治らない。自分を持て余しまくっていた。それに精神科に10年もいれば投げかけられる言葉は大体わかってくる。「ありのままのあなたでいい」「頑張ってきたのだから今は休むとき」「今まで起こったことはあなたに必要だった」。素直過ぎる私は、ありのままの自分じゃ困るからここで悩みを吐露しているのだし、もう十分休んだし、悪いけど性被害や暴力なんて必要じゃなかったよ、と善き人たちの教えをbotかな？　って思っていた。

更に自分が自分に投げかける問いはもはや禅問答みたいになっていて答えが出ないことにウジウジ悩む自分にダセーなと落胆してもいた。それにひきかえ、お母さんたちの悩みのなんと鮮やかなことよ。社会性があり、具体的で、生活感に溢れていてカッコイイ！

私は心底そう思ったんだ。

これは私の個人的な好みなのだけれど、無駄に哲学的な悩みより生活や身体から滲み出てくる悩みの方がイケてる。もちろんお母さんたちは切迫した悩みを抱えているのだけれど、その端々から溢れ出てしまう生活の鮮やかさは、「自分とは」「生きるとは」「人生って」とか言うよりも完全にイケてた（異論は認める）。
「寝かしつけようとしても布団の上で謎な儀式が始まって踊り出し、こっちは明け方まで眠れない」「不登校なのは別にいいけど、一日中なぞなぞを出してきて本気でウザい」「この1ヶ月間バナナしか食べず、しかも毛深くなってきて、もしかして猿なの？ って心配になる」。涙ながらに訴えるお母さんたちの口から飛び出す言葉の数々は私の好奇心を刺激し魅了するには十分過ぎるほど豊かだった。

「子ども産むわ。不妊治療しよう」。そう告げると夫は大賛成で一緒に不妊治療外来に行ってくれ、私は体外受精で子どもを授かった。患者仲間は私の決断に驚き、「自分に育てられるか不安じゃないの？」「自分の親みたいになったらって怖くない？」など率直なインタビューをしてくれたけれど、あまりそういった不安や恐怖はなかった。だって、精神科で話を聞かせてくれたお母さんたちは自分に起きたことを「被害」だと知っていたから。それに比べ、そのお母さんの親たちは自分がしたことを「加害」だとわかっていなかった。それは雲泥の差だ。「被害」だと知っているお母さんたちは自分が子どもに「害」を加えないか殊更心配していた。私の経験上、暴力をふるう者は自分のことを「被害者」だと考えている。「俺を怒らせるな」と子どもを殴る親は散々見聞きしてきたけれど、彼らはいつだって自分が被害者だ。お前が悪いから俺が殴ってしまう。どう考えてもおかしいロジックを加害者たちはおかしいくらい信じ切っている。そういう人たちを見ていれば、自分が害を加えないかいつもいつも心配しているお母さんたちはずっと健全に見えた。余談だが、私は子どもたちにカードを渡しており、私が見えないところに仕舞っておくように言っている。そのカードには「このいえでぼうりょくがおきています」と書かれていて住所も記入済みだ。もしも私が酷いことをしたらコッソリ窓から投げるように、これを投げたからといってママは傷つかない、だから思いっきり投げろ、と頼んでいる。

それに私は妊娠がわかって母子手帳をもらいに区役所に行ったついでに、「私を『特定妊婦』に指定してください」と保健福祉課で頼んだ。特定妊婦とは、養育上の公的支援を妊娠中から要する環境にある妊婦のことで、雑に説明すると様々な困難を抱えた人が妊娠してしまったら地域で見守り手伝いますってことだ。保健師さんは「我々は血眼《ちまなこ》になって特定妊婦を探しているのですが自分から名乗りを挙げた人は初めてです」と若干私に引いていたが、おかげで妊娠中から産後まで私の家には様々な人が家庭訪問に来た。色々なサービスの説明もしてくれた。

つまり私は最初から自分だけでなんか育てられるわけがないことを前提に子どもを産んでいる。このハードルの低さよ。つくづく精神科で話を聞かせてくれたお母さんたちに感謝である。子育てに夢も希望も持たせないでくれてありがとう。おかげでキラキラ育児ライフの呪縛にからめとられることもなく、私は出産することが出来た。つわりのキツかった私にお母さんたちは「中にいるだけマシ。出てきたらもっとキツい」と言いながらお腹を撫で、「〝たまひよ〟だけは読むな」と忠告したくさんのお下がりをくれた。母になるとは？　みたいなことを一ミリも考えず私は勝手に膨らむ腹と共に過ごした。

夢も希望も母性も実感もなく、20時間の難産の中、何度も「やっぱり産むのやめます！」と言ったけれど、看護師さんたちは「産まないとやめられませ～ん」と私を介助し、無事娘が生まれた。私の「マジで人間が入ってたんだ」という母性のカケラもない第一声をかき消すように娘はけたたましい産声をあげ、夫は感動していた。私はキツ過ぎるつわりの間に献身的に付き添ってくれた夫のために子どもを産もうと思ったし、ホワホワの赤子を抱いて感極まる夫の方が愛おしくて、夫の写真ばかり撮っていた。初乳をあげてカンガルーケアが終わって即、「疲れたんで絶対母子別室にしてください」と頼んだ私にやっぱり母性はない。

第二子を産もうと思ったのも「これから先、いつかまた産みたくなるのなら早めに産んじゃった方が私の人生における育児期間が短くなる」という理由によるもので、難産にこりてケチらず無痛分娩で息子を産んだ。娘にはいわゆる女らしい名前を、息子にはいわゆる男らしい名前を付けた。もしも性自認が違った際に裁判所での名前の変更が通りやすいからだ。男女どっちとも取れる名前は変更する理由が明確でないため却下されることが多い。私は子どもに、親が与えたものなんて名前すら捨ててもらって構わないと思っている。

多分、私は親に向いてない。よく「親になったからわかったことがある」なんて言う人がいるけれど、マジで教えて欲しい。何がわかったというのだ。確かに、母性不在の私でも子どもと一緒にいるうち強烈な愛着感情が芽生えた。でもそれは、産んでも産まなくても、生き物を小さい頃から養育し続ければ芽生える感情とさして変わりはないように思うし、むしろ対象が人間であるぶん残酷さは増す。『キングコング・セオリー』でデパントは、「罰を与えたり導いたりしながら、いつまでも子どもを授乳が必要な状態にしておけるのは母親だけ」と書いた。続いて「独裁体制下の市民は赤ん坊の状態に戻り、遍在する権力に産着を着せてもらい、食べさせてもらって、ゆりかごに留め置かれる。権力の側は、なんでも知っていて、なんでもできて、この赤ん坊に対するありとあらゆる権限をもっているが、それはすべてその子のためということになっている」とある。全くその通りだと思う。裏を返せば母親であるということはファシストであるということだ。事実、私は子どもにとって大いなる権力者である。私が支度した食事を服を寝床をもって子どもたちは成長する。トイレトレーニングで私は息子に、自分が持っていない男性器の扱い方まで指示した。もちろん、ある程度までは必要なことだ。しかし私は自分がいつになったらこの支配権を手放し、「あなたのため」なんて支配欲と折り合いがつくのがさっぱりわからない。

親になってからわからないことの方が増えた。適切な距離。境界線。常識的な判断。子どもと過ごしながらいつも思う。子どもは圧倒的な光だと。その眩しすぎる光に目がくらんで、あんなに羨望と嫉妬の対象であったわがままをすべて可愛いと思うほど私は盲目になった。対象物のすべてが可愛いなんて狂気に近い。精神科にいたお母さんたちの方がよっぽど健全だ。常軌を逸した私の体は子どもの発する光を浴びて熱を帯びる。盲目で熱に浮かされ、「何でも」したいと思う。「何でも」だ。子どもが望んでいないことさえ、何でも。

私は子どもの年齢も今がいつなのかもよくわからなくなる。ともすれば、現在8歳の娘と6歳の息子をもっと幼く扱ってしまう。喜んで欲しいという建前を振りかざし独りよがりにも気づかない。私はもしかしたら、娘と息子の成長も成熟も望んでいないのかもしれない。愚かなファシストは延々にゆりかごを揺らしていたいのだ。なんと怖しい欲望だろう。母性なんてものがあるとしたらこの吐き気がするような欲望のことではないだろうか。

この欲望を行使すれば、それはフリルで飾られた暴力である。そしてやはり、行使した側はフリルだと思っている。

「なんでママはいつも勝手にあたしの服を決めるの？」。娘に怒られたこともある。「あたし今日着る服は自分で決めたいし、ママに着せてもらわなくても自分で出来る。このスカート気に入ってるけど、あたし鉄棒したいんだよね」。ぐうの音も出ない。

「僕が見つけたいんだよ」。公園で息子に言われたこともある。「ママは四葉のクローバー見つけるの上手だけど、僕が見つけたいんだよ。見つけた人にいいことあるんだから。そんなにいっぱい持ってきたらなくなっちゃうからやめて」。おっしゃる通り。

ハロウィンの日には通報された。恐竜の着ぐるみを着て小学校の校門前で下校中の子どもたちを散々脅かし、そのまま保育園に迎えに行ったら幼児がギャン泣きして園長に説教され、後日小学校の校長に呼び出された。スマホには区の子ども見守りサービスから「恐竜の格好をした不審者が」と通達が来ていた。今は反省している。

私は多くの母親が嫌がる「〇〇ちゃんママ」という呼称さえ好きだ。自分が自分として存在しなくとも、自分の人生を生きなくとも許され、子と同一化出来ているような、母親という機能としてしか機能しないこの呼称さえも好きだ。自分で書いててキモチワルイ。親になってわかったことは自分の愚かしさだけ。本当にそれだけだ。やっぱり私は親に向いていない。その意味でも私に子どもが育てられるわけがなく、せっせと色んな大人に頼み込む。ゆりかごを揺らし続けたいという衝動に抗いながら。

　産んでおいて悪いけど、子どもたちにはこんな私から早く逃げて欲しいと願っている。フリルで飾られた暴力で子どもたちをからめとる前に。

産後クライシス

初めての出産から5日後、私の退院の翌日に夫が入院した。脚のメンテナンス手術のためだ。脚に障害を持つ夫は定期的に手術をしなくてはならず、それは結構複雑な手術らしく、終わった後も複雑なリハビリテーションが必須で、ということは仕事を長く休まなくてはならない。それでずっとためらっていたが、会社側が男性の育休を保証するようになったため、夫は育休に有給にその他諸々の制度をフル活用して2ヶ月間も休みを取ることが出来た。復帰後当然のように左遷されたらしいが、クビと脚がつながっただけで御の字である。

つまり私の初めての子育てはワンオペから始まった。農業を営む義実家は遠く、しかもちょうど田植えの忙しい時期で、私の両親は姉が住むウガンダに旅行に行っていた。赤子の写真を送るとキリン（野生）の写真を返してくる両親に苛つきはしたものの、赤子と私で送るたった二人の生活はそれはもう甘美な母子融解の日々であった。

夫は新生児育児を一人でこなすなんてさぞ大変だろうという心配と罪悪感でいつもより多めの生活費を置いていってくれ、私はお金があって社会性がなくても許される時間を与えられた。引きこもりの私にとっては控えめにいってサイコーの状況である。赤子は泣いたり寝たり泣いたりを繰り返し、私はのちに乳腺炎になるほど潤沢に出た母乳を与え、オムツを替え、好きなだけ食べた。過食症の私にはどう考えてもサイコーである。

どこにも行かず誰にも会わず赤子と二人きり、ゴロゴロと過ごした。オムツ、オッパイ、オッパイ、オムツ、時々オフロ。それだけの一日。いや、一日の始まりも終わりもよくわからないくらい、ウトウトとしながら赤子と過ごした。乳白色の時間の中で私は赤子と自分がどっちがどっちだかわからなくなるくらいまどろみながら、小さな宇宙を守るように溶け合っていた。

多分「育てやすい子」というやつだったのだろうし、精神科の先輩ママたちから「育児は地獄」と聞かされていたので、寝不足で晴れた日に窓の外を眺めながら「あー、ここから放り投げられれば」と泣き止まない赤子を抱きながら思っても、全く同じことを思った先輩ママの話を思い出し、「これがあれか」と納得して柵付きのベビーベッドの中に赤子を置いた。

育児以外に全くすることがない私は、むしろ育児という役割を与えられてホッとしていて、自分がちゃんと社会の一員になった気すらしながら、社会性ゼロの身なりで私と赤子の小宇宙を堪能した。たまに夫の入院先に赤子を連れて行くと車椅子の夫はとろけそうな笑顔で私たちを歓迎し、なんなら隣の病室のオジイチャンオバアチャンたちまで歓迎してくれ、赤子は入院患者たちにバケツリレーのように手渡され皆に抱っこしてもらい、私は自分がすごくイイ人になった気がして嬉しかった。夫の手術痕だらけの脚と生まれたての赤子のコントラストは私のただでさえ大袈裟な思考を加速させ、「私！　あなたが居なくても立派にこの子を育ててみせるから！」と、あと1週間で退院する夫に涙ながらに宣言して夫をドン引かせ赤子もビビって泣いた。

幸せだった。私はこれでフツーになって、この子を通して社会とつながって、色々あったけどめでたしめでたしってなるのだと本気で思っていた。

「俺がいる間に病院行って来な」。退院直後の夫がそう言うので、私は赤子を夫に預け、ずっと通っていた精神科に行った。妊娠を機に処方薬は切っていたが頓服《とんぷく》ぐらいは貰っていたし、別に精神科というのは薬を貰わなくても行ってもいいわけで、私はむしろデイケア施設でいつもの患者仲間とお喋りしたくて赤子を夫に託した。皮膚が剝がされるようだった。常に一緒にいた赤子と離れる方が不自然な感覚を抱えたまま、私は精神科で仲間たちと再会した。

無事出産した旨を告げると「おめでとう！」と仲間たちは口々に私を寿《ことほ》いでくれたが、「大変でしょ?」「つらくない?」と心配してくれる声に、「すっごく幸せ！」と返すと顔を曇らせた。診察時間が来て、小児精神科医でもあるDr.に「育児が楽しくて」と言うと「すぐ保育園にいれなさい」と断言された。「いや、でも先生。私、結構育児が向いてるのかもしれません。暫くはこのままで」と返してもDr.は首を横に振り、「早く保育園にいれなさい。そして最低でも2週間に1回はここに来なさい」と告げて診察を終わらせた。

胸がパンパンに張ってきて、私は帰宅し、赤子に母乳をあげながら戸惑いを整理しようと夫に診察内容を告げると、「ファミリーサポートを頼もう」と言ってくれたので私は通称ファミサポを調べ、定期的にシッターさんに預けながら精神科に通い続けた。戸惑いはそのままだった。


夫は会社に復帰し、私は精神科に復帰した。まだ赤子は保育園に預けられるような月齢ではなく、シッターさんに頼みながら精神科に通う。でも私にはそこで話すことが何もなかったのだ。だって、幸せだから。精神科というのは悩みや困難が通行手形なのであり、幸せな奴が来るのはお門違いで、10年以上も通っていたのに私は常に居心地悪く、仲間からも煙たがられた。当たり前だ。私だって、夫にも子どもにも恵まれ特に悩みありません！　みたいな奴が来たら、マジお前何しに来たんだって鬱陶しいだろう。でも他に行くところがなかったのだ。児童館も子育てサークルも行ったけれどなんだか浮いてしまう。復職の話や倍率の高い幼稚園の話についていけなかった。育児の合間に資格を取っているママや株で稼いでいるママとか異次元の存在だった。「前職は何を？」という質問にも答えられなかった。複雑な予防接種のタスクをアプリでまとめているママに色々教わったけれど何一つ分からず、看護師さんに「次いつ来れば良いのか教えてください！」と詰め寄って毎回こなすので精一杯だった。赤子が私を社会とつなげてくれると思っていたのに、何度トライしても社会はツルツルと滑るように転がり落ち、己の不甲斐なさを突き付けられるばかりだった。それでも、家に帰れば赤子と二人きり。私を必要とするこの子と。誰にも邪魔されず、私とこの子は二人きり。

私はどんどん赤子にしがみつくようになった。抱きしめる回数が増えたのは抱きしめられたかったからに決まっている。夫は私に目もくれず赤子を溺愛し、「私の時代は終わったのね」なんて冗談めかして私が言うと、「ステージが変わったんや」と真面目に答えて赤子の世話をした。育児に協力的な夫と可愛い赤子。私はますます悩みがなくなり、精神科での居場所もなくなった。

夫が赤子をみている間、赤子が寝ている間、私はルポタージュを読み漁るようになった。

児童虐待のルポタージュ。自分以下の母親を知りたかった。知って安心したかった。私は良い母親である。どこにも居場所がなくても、これだけ集まりに行ってママ友ゼロでも、赤子のためなら金銭を惜しまない夫に恵まれ、私は幸せであり、そして良い母親である。

けれどルポタージュを読めば読むほどそこに描かれる母親と私はほぼ同じだった。この世のすべては子どもでしかなく、自分の存在意義は子どもでしかなく、そして孤独。違いは、金銭と夫の有無だった。だから夫が私を見なくなっても感謝するべきだと思ったし、それを失えば私は子どもさえも失うのかもしれないと思うだけで恐怖に身がすくむ。そんな恐怖を精神科の仲間に話したところで、「考え過ぎ」「そうじゃないんだから良いじゃん」と一蹴され、また私は何も話せなくなった。

確実に、精神科の仲間たちは私を避け始めた。私だけが知らない話、「月美ちゃんはいいよね」と言われる回数、露骨に敵意を示す者もいた。寂しかった。ぶっちゃけ、悩もうと思えば悩める。10年以上も精神科に通っていれば、その言語コードに思考を合わせることは簡単で、自分の主張を「私ってこんなこと考えちゃうんだけど、これって変かな?」とか「こう思う私っておかしいのかな?」とか、アウトプットの方向だけ変えればどんな思考も悩みに変換できる。けれど、ここに居たいがためにそれをするのはズルい気がしたし、それをしたらここ以外どこにも行けなくなる気がした。「幸せを分かち合う仲間がいない」。そんなことを言えば、ここにも居られなくなるのは明白だった。

ちょうどその頃、私が通っていた精神科は患者数が減り経営難で、院長が「皆さん、ここがなくなるのが嫌ならもっと通ってください」と御触れを出したところで、心優しい仲間たちは頑張って通っていたけれど、私はそれって変じゃないかなって思ったのだ。だって精神科って困っている人が来るところでしょ？　確かになくなったら困る人はいるだろう。けれど精神科の存在意義を考えれば来る人が減ったということはむしろ喜ぶべきことであり、それって社会問題に取り組むNPOが「10周年記念！」とか騒いでいる滑稽さで、10年取り組んでもその社会問題が解決しないことについてはどう思ってんの？　みたいな根本を見誤った矛盾のように私には思えた。

きっと、私を受け入れてくれない仲間たちへの反抗心みたいなのもあったのだと思う。いつでもそれ以上に、患者としてしか社会で存在できない自分への腹立たしさが勝った。いつかは出て行くためにある場所で「もっと来てください」なんて言う院長はおかしい、でもここがなければ私だって途方なく困ることが情けない。診察では「早く保育園に」とばかり言われ、パートの面接を受けても全滅する自分にもう勘弁してよ、日本シネっていうか私がシネ、いやいや子どものためにシネない、みたいなぐちゃぐちゃな気持ちのまま、私は企画書を書いて院長にプレゼンした。診察室で行われたあれが企画書と呼べるのかプレゼンと呼べるのかいまだに謎だが、企画はスルッと通って翌週から私はセミナー講師になった。「患者が患者だけでいるのは不健全です。私にここで婚活セミナーをやらせてください」

私が講師を務める精神科での婚活セミナーは大盛況になった。患者仲間たちは、私が婚活して恵まれた地位を手に入れたのをよくよく見ていたし、もっと言えば婚活する前の悲惨な状況もよく知っていた。「月美ちゃんはいいよね」って言葉に悲しむよりも便乗して私はセミナーで熱弁を振るった。「コッソリよくなろう。居場所は多く。そうじゃないといつまでもここにしか居られなくなる」。自分に言い聞かせているようだった。院長は経営難だからなんでもやらせてマネタイズ、しか考えておらず、私が客を呼ぶのを喜んだ。私が勝手に作り出した仕事のおかげで赤子は無事保育園に入ることができた。

その後セミナーが評判になり色んな精神科で講師を務めたけれど、この仕事は長くないとわかっていた。私は恋愛が苦手で男心なんて知る由もない。だから「婚活」と銘打っているものの実際は「体」と「生活」に社会性を取り戻すための講義。大事なことだと思うけれど、じゃあその通りに看板を掲げればソーシャルワーカーのような資格がいる。そして生徒さんは激減する。「婚活」という補助線を引くからこそ彼女たちの申し込みがあり彼女たちは満足してくれていたけれど、一方で当然増える恋愛相談に私は乗り切れなくなっていた。
それでも、Dr.が言語道断、「保育園にいれろ」と言い張った理由が少しずつわかってきた。私に抱っこされていた赤子はハイハイするようになり、立ち上がり、駆け回り、今や「ママ、あっち行って」なんて言う。あのままだったら、私は行くべき「あっち」がなかったのだ。甘美な母子融解の時間を物理的に引き剝がさなければ、私はいつまで経っても子どもの後を追いかけ、尻拭いをし、「もう困った子ね」なんて言いながら嬉々として子どもを飲み込んでいただろう。そうやって育てられた元子どもたちをセミナーの中でたくさん見た。

「月美さん、鬼子母神《きしもじん》って知ってます？」。セミナーが終わって帰り支度をする私にその生徒さんは話しかけた。うんうん、知ってる。自分の子どもを育てるための栄養として他所の子を食べまくって、お釈迦《しゃか》さまがキレて鬼子母神の子どもの一人を隠したら、半狂乱になって捜したから、お釈迦さまが「お前は何百人も子どもがいるのに一人隠されてコレだろ、たった一人の子どもを食べられた親の気持ち考えろ」って説教して改心したみたいな話だよね？　保育園のお迎え時間が迫っていたので雑なあらすじで場を凌《しの》ごうとする私にその生徒さんは悲痛な仮説を投げかけた。「あたし、鬼子母神はその後に自分の子を全員食べたと思うんです。他所の子を喰らって育てるほど、愛して愛して愛してやまない子どもを隠された恐怖で自分の子どもを飲み込んだと思う。だって飲み込んでしまえば、もうどこにも隠されないし逃げられない。あたしはまだ母のお腹の中にいる気がします」

保育園に着き、抱っこひもを被って赤子をその中に入れると、私は日中の欠損が埋まったように、抱っこひもとの隔たりさえももどかしいように感じながら、先生たちに挨拶して帰った。赤子は涎を垂らしながら覚えたての言葉で「アッチーアッチー」と指差した。「そうだね。ママのあっち、探さなきゃねー」。赤子の体温と涎と私の汗は抱っこひもをべしょべしょに張り付かせているのに全く不快じゃなかった。そう感じる自分への焦燥がますます私に汗をかかせた。

娘

「子どもの意思を尊重し」という文言をよく聞くが、それはいつぐらいから行えばよいのだろう。我が家の子どもたちは二人とも不妊治療という私の明確な意志によって誕生し、私が区役所に届け出て保育園に入り、第一子である娘は私が決めた住まいの区域である公立小学校に入学した。我が家の子どもたちはいまのところ、その生命の誕生から所属先まで親の都合に振り回されている。そして、これまた親の都合により娘は小学校に入学すると同時に放課後は学童に預けられた。保育園は夕方まで預かってくれるが小学校の授業は存外早く終わる。いわゆる「小一の壁」対策として、私は私の都合を最優先し学童に娘を預け、小学校の頻繁な保護者会や面談をこなしていた。私は自分に精一杯で、子どもの複雑で曖昧な意思を直接呈されるまで見逃し続けてきたのかもしれない。

子育ては自分の子ども時代をなぞる。いくらタブレットが支給されようと科目の呼び名が変わろうと、今の小学生も私が小学生だった時と同じように、登校し、下駄箱で上履きに履き替え、教室で自席に座り、休み時間には水道の蛇口を上向きにして水を飲み、体育館に飾ってある校歌を歌い、校庭で一輪車をする。そんな子どもたちを尻目に保護者として小学校に行かなきゃいけないのは控えめに言って地獄だった。なんで自分の小学校は卒業したのに違う小学校にこんなにも通わなきゃならないんだと、クレーム対策で行われる保護者会にクレームをつけたいくらいだった。

私は幼少期の性虐待やその他諸々のネガティブな体験により、フラッシュバックという特性を持っている。何かでスイッチが入ると記憶は一足飛びに当時へ戻り身体感覚を伴ってその中に没入してしまう。いくら年月を経てもその記憶が変化することはなく、冷凍保存されたその当時そのままの感覚世界にずるりと戻ってしまうのだ。そんな私が小学校の校内を歩くというのはどこに埋まっているのかわからない地雷原を歩くようなもので、あの頃と同じような校舎、光景、匂い、薄暗さ、それらが私を連れて行ってしまう。思い出したくもないあの頃に。しかも娘の通っていた小学校は創立140周年を誇る老舗《しにせ》で、いやもう伝統とかいいから建て替えてくださいよ、人間工学とかに照らした建築の方が児童の学習意欲も高まるそうですよ、なんて思ってもそれは伝統よりも予算の関係であり、我が家だってその公立小学校に通わせているのは予算の関係で、なんかもうお金ないってお互いつらいですよね、とか思いながら昔と全く変わらない校舎をおそるおそる歩いていた。案の定、フラッシュバックは頻発し、はたから見ればボーッとしているようにしか見えない私の頭の中は怒濤《どとう》の記憶が暴れており、ほうほうのていで帰宅した私は寝込みながら「学童に預けておいて良かった」と胸を撫でおろすばかりだった。

けれど、娘が「学童こわい」と言い始めたのだ。娘は私よりもすこぶる高いコミュニケーション能力の持ち主で、保育園の頃からすぐに誰かと仲良くなったりはしない。一定期間、彼女は教室の雰囲気を見定め、人間関係を把握し、のちに初めてアクションを起こし自分がもっとも居心地の良さそうな目立たないポジションに収まるのが常であった。すぐにくっ付いてトラブルを起こして離れる、みたいな振る舞いが彼女には全くなく、それは彼女が周囲と信頼関係を築いていくのに有効で、私は私と真逆の彼女の社交術に舌を巻いていた。

その彼女が「学童こわい」と言う。私は慣れない小学校生活で何かトラブルがあるのかと聞いたが、そうではないと答える。学校は楽しい。そうではなくて、学童にいると変な気持ちになる。高学年のおねえさんたちを見ているとこわいような不安なようなよくわからない気持ちになると言うのだ。確かに教室では同級生ばかりだけれど、学童は同じ一年生だけではない。小学校に慣れきった高学年の横柄《おうへい》な振る舞いが脅威に感じるのかもしれない。私は「ママがお迎えに行くからね」と、集団下校を断って地雷を踏まないよう学童へ行った。

小学校の一階にあるその学童は同じ小学校の児童と職員たちが一室に集まっていた。私は隅っこで本を読む娘に声をかけ帰宅を促すと、娘が言ったのだ。「ねぇママ。ここに座ってみて。あたしもこうなっていくの？」。職員に許可を取り、娘の隣に座るとそこからの景色は彼女が戸惑う理由でひしめき合っていた。娘の小学校は制服があり女子はスカートの着用が義務付けられている。小さな娘が座ったところから眺めると、ちょうど高学年の女子児童たちの腰回りに目がいく。そのふくよかさを帯びたライン、むき出しになった張り裂けんばかりのふともも、カサついて粉を吹いた関節、それらは決して幼児の持つ体ではなかった。変容の真っ只中があちらからこちらから無遠慮に無頓着にあまりに無防備に駆け回る。高いのに強い嬌声《きょうせい》と呼ぶに相応しい音と共に迫りくるその様に、娘は黄色い校帽を被って目を伏せた。「ねぇ、ママ。あたしもこうなっていくの？」

戸惑いを感じるのも当然だった。保育園では「大きくなった」と言われれば、それはすなわち背が伸びて体重が増えたとか、立っただとか歩いただとか、その範囲でしかなかった。つい最近まで園児の中では一番の年長者だった娘は、「ママとか先生とか大人っているけど、それはあたしたち子どもとは別の生き物」という認識でいられた。それが、自分の延長線上に大人がおり、その過程であんなにも力強く自分の体が変わっていく、しかも体が大きくなるだけではない、何か性的なものまで付随する、という感覚は耐え難いまでの迫力があったのだろう。私ですら、あの怒濤の変容を自ら体験したのかと疑わしくなる。思わず吐き気をもよおすほど身も蓋《ふた》もなく圧倒的で無防備なエネルギーがあそこにはあった。

それからというもの、私は娘にこれまで以上に熱心な性教育をした。あなたの体は変化していくこと、生理が来ること、あなたの体は悪い人から狙われる可能性があること、その際にどうするか。元々、性教育に関しては小さい頃からやっていたつもりではいたが具体的な決め事もした。もしもあなたの体が理不尽な被害に遭ったら、そのことを誰に言うか。ママに言ってくれればいいけれど、ママだから言いたくない気持ちになるかもしれない。そのときは誰に。まだ小学校の先生には言えないだろうから、ずっと一緒だった保育園の先生に弟を迎えに行くときに言おう。保育園の先生からママに伝えて欲しいときの合図。絶対ママには知られたくないときの合図。それらの合図をママは必ず守ること。そして、これだけは忘れないで欲しいのだけれど、どんなことがあろうとあなたは絶対に悪くない。絶対に悪くないのだということ。

もちろん私は娘にそれらを伝えることでフラッシュバックしてしまう自分にも言い聞かせていた。けれど、自分よりも大事な娘に何かあったら私は警察に言うなんて穏便な手段では許さない。子育ては自分の子ども時代をなぞる。娘にあんな子ども時代を送らせてたまるか。「悪い人はね、見た目がすごく普通で優しいの。防犯ポスターにあるような分かりやすく悪い人だったらついていかないでしょ？　とても親切で優しい。とても普通の人だから気をつけなさい」。娘は頷いた。

そうこうしているうちに1年以上が経ち、小二になった娘は「こわい」と言わなくなり、慣れ親しんだ小学校は引っ越しを機に転校し、両親の心配もなんのその、彼女は高いコミュニケーション能力で転校先でも快活に学校生活を送っている。以前の学校の友だちからも手紙が届き、新しい学校の友だちも家に遊びに来たりして、8歳にして40歳の私の人生の総友人数を超えた。あのホワホワな皮膚はしっかりと硬さとハリを持ち、着々と変容を遂げながら成長する娘を見て、私は折に触れ小言のように「気をつけなさい」と繰り返した。娘は私の忠告も聞き慣れ、逆に気にする様子もなく、しっかりと女子になっていった。

我が家のリビングで娘が女友だちと「男子ってマジやだ〜」なんて言っているのを聞いて私は、そんなthe女子みたいな会話してみたかったな、羨ましいな、一緒にトイレとか行ったりするのかな、私なんて全然女友だちができなかったからみんながトイレに行くときにいつもコッソリ後ろからついて行ったら「ぬらりひょん」ってあだ名がついたんだよ、なんだよ女子を謳歌して、まぁ良かった良かった、なんてオバチャンにあぐらをかいて楽しく娘の友人たちを招き入れた。

テンプレ過ぎて「本当にこういう感じなんだ!?」と新鮮な驚きを私に提供してくれる娘たちのガールズトークはいよいよ恋バナにも及び、「お前ら、絶対今が一番楽しいぞ!」とババアのクソバイスを導き出すほど盛り上がっていて、私はたくさんの彩り豊かなおやつをいつも用意した。パフェにケーキにアイスにジュース。必須栄養素のかけらもない無駄で可愛いだけのお菓子たちが、可愛い彼女たちの豊かな無駄話に彩りを添えることが嬉しかった。娘は保育園の頃と同じように、友だちと遊んでもさりとて目立った主張もせず、ガールズトークを楽しんでいるのだと思った。

だから、私は娘の友人たちが帰宅した後に食器を洗いつつ夕飯の献立以外何も考えていなかったのだ。途方もなく呑気《のんき》な私に娘は真剣に尋ねた。

「ねぇママ。あたしはどうやって誰かを愛するの?」

何の話かと思った。どっかのアニメでも観たのか、小説でも読んだのかと思った。

「ママは悪い人って悪い人に見えない、とても普通で親切で優しいって言うよね。あたしは親切で優しい人が好きなんだけど、その人が悪い人かどうか、どうやったらわかるの?もしも悪い人だったらどうすればいいの?　あたしはどうやって愛する人を見つけるの?」

本当にごめん。そのことについてはちゃんと答えたいからもう少し待って欲しい、と娘に頼んで私はオートマティックに家事をこなし、子どもたちに夕飯を食べさせ、そのまま寝かしつけまでいつも通り、いつも通りに事を運んだ。

いつも通りの寝顔で小さく温かな呼吸をする子どもたちを見ながら、私は娘にどう答えればいいのか思いを巡らせど、あまりに幸福なその寝息はどうしても守りたい気持ちの方が強く働くほどに愛おしく、でもこの感情がこの子たちを縛り付けるのだと自覚するくらいに目は覚めていて、私は冷え切った頭を柔らかなぬくもりの中に潜り込ませた。まだ幼児である息子と児童になった娘の体は皮膚を触ればハッキリとわかるくらいに成長の差があり、その間に挟まれた大人の私が求める幸福がこれからこの子たちの幸福を阻害するのだと両隣のエネルギーは告げていた。まどろみながら溶け合ってしまいたかった。けれど、その願いをせせら笑うかのように私は全く寝付けず、睡眠薬を取りに寝室を出た。私が睡眠薬を服用したところでもう母乳を飲んでいない子どもたちには関係がなく、もし効き過ぎて寝過ごしても子どもたちだけで起きてリビングに行くだろう。抜け出した寝室で私が居なくとも変わらず寝息を立てる子どもたちにほっとしながら、抱いていないと眠りもしなかった頃がどうしようもなく恋しかった。

答えられずに何日かが過ぎた。娘は同じ質問をすることもなく、私は毎日答えを考えしかし何も言えず、それでも娘と私の毎日は書き順や九九や縄跳びで占められるくらいに忙しく、私は誤魔化したくないとは思っているけれど結果誤魔化しているという言い訳としては最低の部類に入るエクスキューズで何日かを過ごした。

いつものように娘の友だちが我が家にやって来て、リビングで遊び、キッチンでおやつを用意していた私は、明らかに娘に向けられた娘以外の声に驚き顔を上げた。「えー！　それって好きな人と⁉」。友だちの好奇心を制した娘はにらむように私を見つめ、あの合図を送った。――絶対ママには知られたくない時の合図――。

私は自室に戻り、祈ったり願ったり頭を抱えたりしながら耳栓をつけた。無音の空間の中で浮かび上がるのはあの学童の光景だった。娘はああなっていくのだ。身も蓋もなく圧倒的で無防備なエネルギーをまき散らし、こわいこわいと言っていた変容をママには知られたくないたくさんの出来事ともみくちゃになりながらあの体で引き受ける。オーブンで焼いていたクッキーは取り出すことも叶わず、お菓子もジュースもサーブされなかったけれど、いつも以上にリビングは盛り上がっていた。

友だちが帰り、息子を迎えに行き、いつも通りの夕飯が始まる。私は娘に聞きたいことばかりだったが、自分が答えてもいないのに問うのはアンフェアな気がして、しかし娘はもうとっくに私の答えを必要としておらず、持て余したそれは息子のお喋りにかき消され、結局就寝時間まで私と娘はたわいのない言葉を交わしていた。そして、たわいのないお喋りの延長線上で娘は「あたしこれから自分の部屋で一人で寝るね」と言い、私も「そう」と言ったきりだった。娘の寝息をドア越しに聞き静まり返った家の中、私はわずかに焦げたクッキーを、迷った末に全部捨てた。

息子

息子のＩＱが１４０であると告げられたとき、私は全身の血が凍るように感じた。数年間の母親生活により、子どもと関わる専門家は親にその子どもについて話すとき、まずポジティブな面を、その次にネガティブとは言わないが「今後の課題」のような表現で伝えるよう配慮すると経験則で知っていた。だから発達支援センターの職員が息子の検査結果を伝える際にまずＩＱを告げたのはきっと私が安心してその後の話を聞くための布石だったのだと思う。しかし私はその数値を聞いて困惑し、職員がもっとも伝えたい部分まで理解することが出来なかった。息子のＩＱは私の幼児期と同じ数値を示していた。

私自身が日本の小学校入学前に受けた知能検査で平均以上のＩＱを出したことを両親は素直に喜び、両親が喜んでくれたことが私は誇らしかった。けれど、その後全く学校生活に馴染めず、私は学校に行かなくなり、それはすなわち公的な教育を受けていないということで、人生の大半を精神科で過ごしている。ＩＱなんてそのときどきで変動するものなので現在の私は平均以下の数値しか出ないだろうし自分が知識やコミュニケーション能力に乏しいことは私の根強いコンプレックスである。「頭がいい」みたいな雑な価値判断に照らせば、謙遜でなく、バッチリしっかり自分のことを「頭が悪い」と言える。ぶっちゃけ私は徳川家康が何をした人だか知らないし、歌舞伎町のホストに「山手線ゲーム！　お題は県庁所在地！」と私の年齢と場違い感を考慮しかなり気遣《づか》った接待をしてもらって泥酔したホストにしらふでフツーに負けたこともある。だから私は自らを振り返り、ＩＱが平均値ではないということをネガティブな要素にしか捉えておらず、それが自分よりも大切な息子に生じて悲嘆に暮れた。

我が家では元々、「あなたのそういうところがママ似／パパ似ね！」みたいなことを直接本人に言わないよう気をつけている。子どもが自分に似たところがあると何故か多くの親は嬉しい。夫も子どもを寝かしつけた後にコッソリ「あれは俺に似ているな」なんて晩酌のつまみに嚙み締めている。けれどそれは親側の自己満足でしかない。にも拘わらず別人格である子どもは親を喜ばせようとわざわざ似せてくれる。後に憎しみの対象になりがちな親を、児童と呼ばれるような年齢の子どもは慮って「寄せて」きてしまうことは少なくないだろう。

だから子どもが別人格であると自らに示し続けるためにも、私は私に似ているなんて子どもに言ったことがない。なのに、たった「１４０」という数字だけで私は息子と自分を同一視し、私のようにするまいと半ば強迫的に駆けずり回った。

５歳である息子を連れ、様々な支援センターに出向き職員たちに「なんとか息子のＩＱを下げてください」という、お前の知性を上げろと思われそうな質問を繰り返し、周りのママたちにも相談した。けれどほとんどは自虐風自慢だと捉えられ、「お子さんを自由にのびのびと」とか「多様性の時代ですから個性を尊重して」とか、私にとっては無責任にしか聞こえない答えしか返ってこなかった。それらの物言いが自分にとって負担でしかなかった私はますます危機感が募り、自分と息子を重ね合わせ、もはや「彼の苦悩は私にしかわからない」なんて重篤な思い違いをするところだった。

私は子どもの頃、「好きなことを見つけなさい」と散々言われて育った世代である。まだ現在ほどの大不況が起こる前で、大人たちは高度経済成長期やバブルの恩恵を受けていて、個性を尊重し自由に生きることが達成すべき人生の課題のようだった。

特に好きなこともなかった私は、当時カッコイイとされていた逸脱を繰り返し、自由奔放に生きているフリをすることでなけなしのプライドを守り、大人になってから社会の荒波に放り出されて溺れ死ぬところだった。ずっと「好きなことを見つけなさい」しか言われていないと、好きなことがないときはどうしたらいいのかわからない。それは例えるなら、大海原に向かって「好きなように泳ぎなさい」と言われているようなもので、もしも「クロールであの島まで辿り着きなさい」と教えられれば、「私は背泳ぎがいい！」とか「島に向かうより浮いていたい！」とか思えるけれど、そのような反抗可能な規範も与えられず野放図に生きることは、出来るかもしれないけれど、ものすごくしんどい。私は決して自由奔放に生きてこなかった。私のような逸脱は社会の常識に足掛けすることでしか起こり得ない。更に言えば、そういった振る舞いは子どもなら大目に見てもらえるかもしれないが、大人になってからはただの幼稚な人間である。何かしらの信念があり、それが多くの人には奇異に見えても、己の信じるものに従って行動する人間は本当にカッコイイ。けれど私はただ周囲の目を気にしながら逆張りしていただけだ。いわゆるキョロ充的な逸脱行動しか私には出来なかった。

息子をそんなダサい人間にしてなるものかと己の半生を顧みて意気込んでいた私だが、息子は我関せず、いつでもどこでも彼が私と全く違う人間であることを示し続けてくれたのである。彼は規律と正確さを求める人間であった。逸脱してしまうことを嫌がった。彼がもっとも魅了されたのが「紋」である。家紋などに使われる、あの「紋」だ。紋は線と円だけで森羅万象を描く。そしてそれは順番通り正確に描けば誰でも全く同じ形が出来上がる。彼にとってステレオタイプな「自由に」とか「個性を尊重し」みたいなものはわずらわしく、いつなんどき誰が描いても全く同じになる紋の世界は非常に安定していて心地が良いらしかった。彼は集中力があるというよりも集中することを好み、静かな空間でたった一人ひたすら紋だけを描くことが許されているとき、それは彼の至福の時間であった。

事実、私が支援センターであまりに馬鹿馬鹿しい質問を職員に繰り返している間、息子はキッズスペースの山のような玩具に目もくれず、持参したコンパスと定規で紋を描くことを求めた。コンパスの針が危ないから仕舞いなさいと職員に叱られると不満げな素振りは見せたが、それがルールであると分かれば抗うことなく従った。彼はときおり他の誰かにも紋様を描いてもらい、それが自分の描いたものと違うと落ち込んだ。幾人かが描いた紋様に寸分のたがいもなく、自分が描いたものがその中に埋没すれば喜んだ。彼は自分らしさが消え失せれば消え失せるほど自分の作品に価値を見出し、私は子どもを褒める常套句、「上手に描けたね」の後に必ず「誰が描いたかわからない」と付け足すことで彼を満足させたのだ。

昨今「多様性の時代」なんて言われる。けれど人間が多様であることなんて大前提だ。その多様な個々人からなる社会は、その構成員一人一人が違ったニーズを持つことも当然である。社会はその違ったニーズを個々人が追求する権利を適切に確保するために変動し続けている。ニーズが違う人間が同じ社会という場を共有するときに対立するのも当たり前で、それらの利害を適切に分配するためのルール作りに社会は日々葛藤しているのだと思う。

マイノリティとされる人々がそのニーズを軽視され、利害が適切に分配されてこなかった歴史があり、現在でも残念ながらそれは続いている。だから私はそれが是正されるべきだと思う。けれど、マイノリティだからといってすべからく配慮されるべきだとは全く思わない。私は聴覚に障害があるので視覚障害者のための駅や信号でのアナウンスが非常に負担だが、それは利害配分上仕方のないことだと考えているし、耳栓を自己負担で持ち歩くことに何の異議もない。マイノリティの権利が軽視されているからこそ、その権利を主張することが必要なのであり、マイノリティはすべてにおいて我慢しなくていいということではない。それはマイノリティとされる人々よりもマジョリティ側が抱きやすい誤解だ。

人間は多様であること。個々人のニーズは異なること。そのニーズは対立すること。しかし公正な利害の分配を念頭に、同じ社会という場で個々人が己のニーズを追求する権利は適切に確保されるべきだということ。私にとってこれらは何の矛盾もなく共存するし、現在進行形で社会はこのために変動していると信じている。

それなのに何故私は、まず何より先に息子のニーズを知ろうとしなかったのだろう。たまた同じだった「140」という数字に打ちのめされ、明らかに私とは違う彼のニーズを理解しようとせず己の経験則を強化するためだけに彼を連れ回したことを悔やみ反省している。自己憐憫《れんびん》や仇討《あだう》ちのごとく「漠然と『好きなことを見つけなさい』と言われても苦しかろう」と思い、「逆張り的な逸脱へと追い込まれるのでは」と誤った先読みまでして不安がった。経験なんてそれこそ一個人のものにしか過ぎない。時代も環境も性別も、当然人格も違う彼のことを私は知ろうとしなかった。人間は多様だ。それは誰かと違うアウトプットを大切にする者もいれば、誰かと全く同じにアウトプットすることを大切にする者もいるということで、それらは優劣なく大切にされるべき行為である。あとは好みの問題だ。

息子のＩＱが記されたアセスメントシートの後半には、「息子さんはオープンクエスチョンが苦手です。周囲がそれを理解しながら見守っていきましょう」と書かれていた。オープンクエスチョン、すなわち答えのない問いを書き続ける物書きの私は端的に言ってそんな息子が物足りなかった。そもそも検査を受けさせたのだって、私の偏見に満ちた「豊かな会話」とやらが彼と出来ていないと思い込んでいたからだ。彼は、今日どんなことがあって何を思ったか、などを話すよりクイズをしたがった。正解か不正解。それしかない会話を私は貧しいと驕《おご》っていた。彼は他の園児たちがそのときどきで変わる不文律の外遊びをしている間、一人図鑑をひっそり眺め、おぼえてきたことを私にクイズとして出していた。その姿は集団生活に馴染んでいるとは言えないかもしれないが、逆張りしているわけでも私のようなキョロ充的な逸脱でもなく、図鑑が彼に社会という荒波を泳がせるためのビート板だったのだ。私は彼好みの規律と正確さを用いた豊かさを認めておらず、親に「寄せて」欲しくないなどと言いながら愚かにも自分好みに彼を仕立てようとしただけで、こんなにも近くにいながら彼を見ても守ってもいなかったのである。まさに杓子定規《しゃくしじょうぎ》に紋様を描く息子は、「好きなこと」をとっくに見つけ、紙面上で自由奔放に振る舞っていたのに。

彼は静かに暮らしたい。どんな日も全く同じ形になる紋様を描き続けたい。けれどこの社会の構成員である以上、それが常に守られるとは限らず、騒がしい場所で毎日違う行動をする者たちと一緒に過ごすためのトレーニングが必要だ。私はもっと彼のニーズを知って、社会生活とバランスを取るための練習をさせれば良いだけだった。

私は自分が言葉で糊口《ここう》を凌いでいることもあって、人と関わるには言葉が重要だと考えている。それはある程度正しいとも思う。私のように考える者は多く、そのような者たちに囲まれて彼はこれから生きていく。彼は今のところ、言葉を玩具のように使うことにしか興味がなく、早口言葉や回文は得意だけれど、感情を言葉にするのが苦手だ。更に曖昧さや不確実性にも耐えていかなければならないだろう。紋様を達者に描く息子は、例えば「運動会の絵を描きなさい」といった課題に応えることが出来ず、「玉入れの光景を先生の視点から描きなさい」と伝えた上で玉の総数も教えなければ筆を動かせない。それらはトレーニングが必要だろうし、逆に言えばトレーニングすれば良いだけなのである。もちろん私にもトレーニングが必要だ。目の中に入れても痛くない息子を、決して中に入れず、しっかりと見ることが。

『銀河ヒッチハイク・ガイド』という傑作ＳＦ小説がある。ネタバレになってしまうがあまりに有名で、かつ結末を知ったからといってこの小説の素晴らしさは損なわれないため紹介させて欲しい。――ある日突然、地球が爆発し、最後の生き残りとなった主人公はたまたま地球にいた宇宙人と銀河を彷徨う。様々な惑星で様々な知見を得て、それを宇宙一のコンピューターに入力し、宇宙の真理を導き出す。そして導き出された真理とは「42」という数字であった。素数ですらなくあまりに平凡な「42」という数字が宇宙の真理であるということに、主人公はじめ登場人物たちが困惑する――というコメディだ。

「42」。そこに真理を意味づけようとすれば可能であるが、一蹴しようと思えばそれもまた可能である。私はあまりに「１４０」に意味を与え過ぎた。数字なんて意味がないというのも極論であり、「１４０」に固執するのもまた同じように極論である。ただの「ガイド」だ。息子はこれから私からすれば宇宙を旅するようなあてどなく果てしなく広い未来を生きていく。親である私がそのガイドになれれば光栄だが、いかんせん刊行日が古過ぎる。

友だち

私が本を書くのは野心のため。承認。認められ、受け入れられ、求められ、世界とつながり合う。そのためだけに書いている。けれど、本を書いて私が得たものは「友だち」だった。

作家の鈴木大介とは私が前著を発売前にＳＮＳに流したときに出会った。私は宣伝のため著作の一部をネット上に公開し、それを読んだ鈴木大介が私にメールをくれた。「これ、書籍化決まってます？　当てがなかったら出版社と編集さんを紹介します。晶文社の安藤さんっていうんですけど」。晶文社の安藤さんの元で書いていた私はその旨を伝え、そこから仕事を通じて交流が始まった。私は大介さんのことを都合の良いときだけ「パイセン」と呼び、大介さんは私のことをよく「月美姉」とか「月美先輩」とか呼ぶ。ずっと取材記者をしていた大介さんは脳梗塞《のうこうそく》で倒れ高次脳機能障害となったので、生まれながらに障害を持っている私は「障害を持ちながら生き延びてきた大先輩」に当たるらしい。謙虚にも程がある。

私は鈴木大介の著作を昔からすべて読んでいた。「へぇ、やるじゃん」。そう斜に構えながら。私はＪＫブーム・社会学ブームの真っ盛りにＪＫをやって家出をしていたので、そのようなブームに乗った書き手の格好の取材対象者だった。私や周りの女の子たちはギャラ目当てで取材を受け、相手が言って欲しそうなことだけを言い、わかったつもりで論じるオジサンたちを馬鹿にしていた。けれど鈴木大介だけが違ったのだ。斜に構えながらしか読めないほど、私たちがゴテゴテとデコレーションして覆い隠していたものを真っ直ぐに書いた。私たちが冷笑に逃げても鈴木大介は真っ直ぐに怒った。絶対に私たちを嘲笑わなかった。「へぇ、やるじゃん」。それが泣き崩れず立っているための精一杯だった。

だから初めて打ち合わせで会ったとき、私はとても緊張したしバキバキにめかして武装をきめ強気な発言を繰り返したのだけれど、後に大介さんに言われる。「月美さんは最初に会ったときからたくさんの被害を受けてきたいじめられっ子なんだなって思ったよ。だって尋常じゃなくまばたきの回数が多い。被害を受けていじめっ子になる人もいるけれど、いじめっ子は目を見開いて圧をかける。月美さんを見てるとね、雑木林にいる小動物みたいだって思う。すぐビビってほらあなに逃げ込みそうだ」。大介さんは私に過去の具体的なアレコレを聞くことをしなかった。今でもしない。それでも相談すればいつも乗ってくれる。私は大介さんから、他人は怖くない、頼ってもいい、任せてもいい、違うって言ってもいいいんだってことを少しずつ教えてもらった。

精神科や自助グループでは出会った人々のことを「仲間」と呼ぶ慣例がある。それは「友だち」だと距離が近くなり過ぎてしまうのを避ける意味合いもあると思う。距離が近過ぎると私のような人との境界線がぶっ壊れた人間はすぐに「ニコイチ」と呼ばれる相手の問題と自分の問題を一緒くたに考えてしまう感覚に陥る。するとトラブルが増え、結局は関係が維持出来なくなる。私はそれを怖れて大介さんのことを「仕事仲間」だと自分に言い聞かせてきた。でも、ある日のSNSで鈴木大介は私のことを「盟友」と記していた。だから私は彼のことを「友だち」だと胸を張ることに決めたのだ。

まだ交流が始まる前、大介さんは私の文章を「ギフテッドなんて言われたくないだろうけど、この言葉の感覚は見習いたい」と評した。もちろんとても嬉しかったのだが、それは主に後半部ではなく前半部について。本を書いてから好意的にギフテッドと言われたことはあった。けれど「障害故の恩恵」と言われることも「障害で下駄履いてる」と率直に口にする人もいた。そうかもしれない。そうかもしれないけれど。でも、私は努力した。

恵まれたのはその努力が出来る環境の方である。

性虐待の記憶を思い出し、それが事実であることを認めると私は本が読めなくなった。典型的なウツの症状でもあるが、全く読めなかったのは数年間、何でも読めるようになるまでに10年以上を要した。「トラウマは自分の一番大事なものを奪う」というが、幼い頃から友だちがいなくて本ばかり読んでいた私には結構酷なことだった。それに20代前半から30代前半まで本が読めないというのは当人の文化資本をだいぶ奪う。まぁそんなものなくても生きてはいける。音楽が好きな者がメロディーを失いノイズだけの世界に放り込まれても。絵画が好きな者が調和を失いタッチだけの世界に放り込まれても。望まなかった形でも生きてはいける。しかるに、私は欲したのだ。多くの人たちと同じ土壌で生きることを。その土壌で評価されることを。お目こぼしを受けないことを。この欲望が野心に形を変え、いまだ私を追い立てる。多くの人たちから取り残されそうで佇《たたず》むこともできない。自分には何もない何もないと嘆き続けてきたからこそ欠落していると感じるからこそ闇雲に手を伸ばした。

さりとて、ＡＰＤという聴覚情報処理障害を持つ私は音楽を聴くことが元々苦手であり、映画は一直線に進む時間芸術なので行きつ戻りつしないと意味や内容が入ってこない状態の私には難しかった。それに音楽も映画も身体に侵入してくる感覚がある。キモチワルイ。

首から上だけで完結する何かが欲しかった。

それで私は本を音読した。意味が入ってこない文字の羅列をひたすら音読して過ごした。そのうち日本語ラップというのは短時間で多くの文字情報が入ってくることがわかり、私は韻や抑揚を用いて本の内容を理解するに努めた。私の文章に独特のリズムがあると言われるのはそのせいだと思う。自室にこもってウロウロと歩きながら音読する私の姿はちょっとラッパーみたいで、物書きになっていなかったら「ラップで学べる中井久夫」とか再生回数の上がらなそうなYouTuberになっていたかもしれない。

どうしても最後まで読めなかったのは小説だ。小説はそこに描かれる世界に没入する効果がある。私は今ここの現実世界に摑まることに必死で、没入することが怖くて堪らなかった。フラッシュバックも酷く、私の記憶や世界の感覚はあっという間にわけがわからなくなる。それなのに小説世界に身を投じる勇気はなかった。しかし、世の中には小説以外の本がいくらでもある。私はたくさんの本を口ずさんだ。ぶっ壊れてしまった世界のロジックを組み立て直すために。性被害というのは、ある日突然自分が信じていた世界のロジックが破壊されることだと思う。「こうすればこうなる」と当たり前に考えていた日常が理不尽な暴力により破壊される。だから必死で壊れた世界のロジックを拾い集める。そうしなければ自分の力やコントロールの感覚の一切を失うことになるのだから。「自分が悪かったのかもしれない」。そう思う被害者の気持ちはとてもよく理解できる。そんな訳はない。そんな訳はないのだけれど、じゃあ自分は世界に対して全くの無力であるのか、じゃあ世界にはこんなにも人間がいるのに何故私だったのだ、という問いを常に抱き続けるのも相当につらい。私はその問いに答えを見つけるため本を漁り続けた。読めもしないのに。

誰かから裏切られたなんて今まで一度も思ったことがない。「裏切られる」という感覚が持てるのは自分にそこまで価値があるという前提があるからだ。私は誰かが酷いことをしても「やっぱりね」としか思わない。「そうだよね。私ってそれくらいのもんだもんね」。なのに大介さんはめちゃくちゃ怒る。「石田月美の尊厳を奪うな」とめちゃくちゃ怒る。それを見ていると申し訳ないような気持ちにもなって、だから大介さんに私のアレコレは言えなかった。けれどある日、作家仲間とのオンラインの会で私は伝えることに決めたのだ。大介さんと出会って3年が経った日のことだった。オンラインだったが大介さんに手をつないでもらっているような感覚だった。他に二人の作家もいて尊敬し信頼している仲間だった。私は喋った。何があったか、どうやって生きてきたのか。仲間たちは大事に丁寧に聞いてくれた。大介さんは「よくやった。今日は記念日だ」と言い、「僕は誰が石田月美をこうしたんだという怒りと、石田月美ようやくここまで来たねと祝福したい気持ちとで、もういっぱいで……」とむせび泣いた。それを見て私は「そこまで泣かんでも」と大笑いした。オフラインにしてからぼんやり静かに泣いた。

　私は極度の寂しがり屋のくせに人と長くいることが苦手だ。すぐ逃げたくなってしまう。疲れてしまうのだ。寂しいからパーティーや講演会にはよく出かける。教育を受けていないコンプレックスがそれに拍車をかける。けれど、終了時間になったら誰よりも早く帰る。どんなに楽しくても疲れ果て、爆裂な希死念慮と共に帰宅し過食して気絶するように眠る。それしか出来ない。「いつものメンバー」とかゾッとする。誰も悪くない。私の僻みたいなもので、障害が私にくれたものはこんな僻ぐらいだった。

　それでも誰かとつながり合いたいと、多くの人たちが共有する世界に受け入れてもらいたいと願った私の得た方法が本を書くことだ。ひとりぼっちで音読していた頃の私に教えてやりたい。「友だちができたよ」と。

自助グループ

「語りが上手い」なんて言われることがある。それは私にとって「よく生きてきましたね」みたいな定型句よりずっと嬉しい。けど、「月美さんは喋りが立つから」「人前で話すのがお上手ですから」なんて煽《あお》られるとちょっと腹が立つこともある。我ながら自分のうつわの狭さに引く。私のキャパはおちょこの裏だ。

それでもやっぱり褒められるのは嬉しい。私にはAPDという聴覚情報処理障害もあるし更に言語障害もあるので、実は日常会話が苦手だ。今でもST（言語聴覚士）のリハビリテーションを受けており、編集さんには「私、わかったフリしますから！　後で何度も同じこと聞き直すかもしれませんがよろしくお願いします！」と、米倉涼子なら絶対言わない情けない宣言を堂々としてから打ち合わせをさせてもらっている。小六から必須だった耳栓は現在ノイズキャンセリングイヤホンに変わり、技術の進歩にマジで感謝だ。

そうやって何とか人前で話しているので、イベントに登壇し流暢に喋る私の手元には合いの手の箇所までメモった台本が置かれていたりして、だから本当はあんまり上手くないのだと思う。

私は本物の語りの名手に何人も会ってきた。自助グループの仲間たちである。自助グループとは主に依存症の当事者だけで集まり、「言いっぱなし聞きっぱなし」をルールにそれぞれが語る会だ。仲間の話を聞くこと、自分に正直に話すことが回復に効果があるとされ長い歴史を持つ。AAと呼ばれるアルコール依存症者の会を筆頭に、NA（薬物依存症者の会）やKA（クレプトマニアの会）など、多種多様な会があり最近では依存症に限らず広まっている。でも私が通い始めた20年前はそんなに種類も開催場所もなく、私はメンバーに許可を得て下戸なのにAAに通っていた。

前述した通り、AAは男性社会だ。成り立ちはもちろん、開催時間も仕事終わりの平日夕方であったり、子どもを持つ主婦なんかは物理的に出席することが出来ない。つい最近まで女性の依存症者なんていないことにされていた。夫に隠れてキッチンで酒をあおる地方の主婦がオンラインで自助グループに参加できるようになったのも技術の進歩のおかげだ。男性の意識改革より技術改革の方がずっと早い。

それでも私はAAが好きだった。オジイチャンたちは若い小娘である私を可愛がってくれたし、少ない女性メンバーと陰口を叩くのも楽しかった。オジイチャンたちはちょっと得意げに「俺たちみたいになっちゃ駄目だよ。月美ちゃんはＡＡにも遅刻するほど怠け者だろ。ホームレスになったら早起きして空き缶拾ったり勤勉でなくちゃ。月美ちゃんには決して務まらないよ」なんて私をからかった。オジイチャンたちの中には家がない人も家庭がない人も、仕事がある人も年金がある人もない人もいた。でも皆一様にアル中で、「今日一日飲まない」、そのたったひとつの目標のためだけに集まり続けた。私は「今日一日正直に生きる」と唱えさせてもらった。

当然、トラブルを抱えた者たちの集まりなのだからトラブルも多かった。クリーン（飲酒をしていない期間）の長さでヒエラルキーもある。「噂話や陰口がわたしたちの中にありませんように」と最後に言うのが決まりだけれど実際はそれらの宝庫で散々な目にも遭った。私だって、「ようやくクリーン1年目です！　努力と根性でここまで来ました！」なんて言う男性メンバーの話を聞いて、「お前の努力と根性を支えるためにどんだけ女房子どもが泣いたと思ってんだ」と陰で毒づくくらいには自助グループに馴染んでいたし、初めて来た仲間が「酒をやめて、これからは趣味に生きます！」なんて宣言すれば周りのメンバーたちの失笑を買った。オジイチャンたちは帰り道、そんなことを言った仲間に「誰でも最初はそう思うんだよ。でもな、俺たちに趣味は無理。最高の快楽を知ってるんだから。どんなに好きなものが出来ても、俺たちには全部二番手。家族が泣いても仕事失ってもやめられなかったほどの酒を超えるものなんてあるか？　趣味は諦めて、酒やめることだけに人生かけな」なんて偉そうに諭《さと》したりしていた。ホモソーシャルと言われればそれまでなのだけれど、オジイチャンたちはしょっちゅう「先輩」「後輩」と笑い合っていた。聞き慣れない大学名だと思ったら精神病院の名で、松沢に久里浜、ときどき赤城。閉鎖病棟のある入院施設の何期生だなんて言い合って全然自慢できない経歴を晒し笑い合っていた。

自助グループは酒をやめても通う。むしろ酒を飲んでいる間は病院に居られるけれど、やめてしまえば治療は終わる。外の世界に放り出されたら、いくらでも酒が飲める環境でそれでも飲まずに過ごす。そのために自助グループに通うのだ。だからクリーン歴30年なんていう、もう通う必要ある？　と思われそうな仲間も通い続けていた。あの最低最悪な自分と過ごした日々を忘れないために。私はそんな仲間の話を聞いて何度も泣いた。内容の悲惨さにではない。誠実さに心打たれることもあったけれど、それだけじゃない。語りのうまさにだ。自助グループに通い続けると皆「十八番《おはこ》の話」が出来てくる。最後に酒を飲んだあの日。周りに誰もいなくなったあの日。いわゆる底つきと呼ばれる、人生で一番悲惨だったあの日を忘れぬよう、事あるごとに繰り返し語る。それがオハコの話。

当人が酒をやめた日を、生き直し始めた日として「バースデー」と呼ぶ。会によっては1年目、2年目、と積み重ねるたびメダルが貰えたりする。余談だが、NAは薬物依存症者の集まりだけあって記念グッズのデザインがお洒落だ。さすがクラブではぐくまれた感性は違う。私が通っていた後期高齢者だらけのAAはそんなお洒落グッズなどなく、誰かのバースデーは近くのたい焼き屋でたい焼きを買って食べるのが習わしだったのに、酒をやめて甘い物ばかり食べ続けたオジイチャンたちの糖尿病のせいで「糖質オフソフトクリーム」を食べる羽目になっていた。私は誰かのバースデーのたびに、その誰かのオハコの話を聞いた。何度も聞いた話。何度聞いても辻褄が合わず、聞くたびに細部が磨かれる話。そんな話を聞きながら私は涙をこぼしてソフトクリームを舐《な》めた。

オハコの語りは落語に似る。人情噺《ばなし》、その他諸々。私は小学生の頃、落語をいくつも覚えていた。両親の喧嘩が始まりそうになると一席打つ。それで急場を凌いだのだ。私の十八番は『ちはやふる』。いかにも私の好みそうな論理的整合性を選び取る、小学生には早熟な話である。

仲間の話は年月を経ると内容は同じでも語りが変わってくる。どんなにセンセーショナルな話でもベタは駄目。聞いていて飽きる。この場において不幸話なんか溢れていてありふれているのだから。ベタがネタになったとき、初めてみんなが〝本当に〟聞いてくれるのがわかる。語りの主語が、接続詞が変わる。すると見え方が変わる。これが主体性を獲得し責任を取り戻すってことなんじゃないかなんて、私はその変化する語りを聞きながら思ったりした。

だって、語りの呼吸すらも変わるのだ。仲間の守秘義務を遵守して『ちはやふる』で喩《たと》えれば、最初は「神代《かみよ》も聞かず竜田川　唐紅《からくれない》に水くくるとは」と喋りたいことをぶちまけるだけ。別に最初はそれでいい。喋れるだけすごい。でもそれは繰り返されていくうち、おのずと変わってくる。まず、「神代も聞かず竜田川」までは軽く流す。「唐紅に」で一旦止める。聴衆の唾を飲む音が聞こえる。皆が続きを待っている。「水」。きたきた！　こちらは思わず前のめりになる。「くくるとは。」最後の句点までハッキリわかるほど、ゆったりと締める。

まさに芸である。これぞベタがネタになった瞬間である。ここまで来れば、語り手は自己憐憫に浸るよりも聴衆を聞き惚れさせることに意を注ぐ。自分の傷に仲間の感嘆がくっ付く感じ。傷が治るわけじゃない。でも、そのことを思い出すときに周りの反応も一緒に思い出す。傷はあるけどひとりじゃなくなってくる。

自助グループは数年に1回くらいの頻度でコンベンションというものが行われ、様々なグループが集まり、各グループから代表者一名が壇上に上がって語る。誰でもいいのだけれど、やはりクリーン歴が長く語りが上手い人が選ばれることが多く、その日は皆の気合いが違う。様々なグループの様々な語りを聞くのもそれはそれで面白いのだが、どうしても自分のグループの話に聞き耳を立ててしまう。なぜなら「正直である」ことが何より大事とされる自助グループで、我が代表が〝本当に〟正直なのか、皆突っ込みたくてうずうずしているからだ。喫煙所に行けば、さっきまで壇上であんなに聴衆を感動させていたグループ代表が、仲間たちに大笑いされている姿を必ず見る。大体、「〇〇さん、いつもは『閉鎖病棟から出た翌日には酒を買いに行ってた』って言うのに、今日は『閉鎖病棟から出たその足で酒買いに行ってた』って半日早まってるじゃないっすか!」とか言われて、「そうなんだよ〜。俺、すぐドラマ作っちゃうんだよな〜」なんてクヨクヨしている。こういうことを仲間に突っ込まれるとかなり恥ずかしいので当人は「ドラマ作らない」ことを心掛けるようになる。つまり大きな事件や災害が起こってもスリップ（再飲酒などアディクションの再使用）しないように気を付けるようになるのだ。「話を盛る」ので有名だった仲間は3・11のときに、『「津波の映像があまりにショックで飲み始めちゃった』って、やらないんすか?」と散々からかわれ、「俺はもうドラマはやめたんだよ!」と0calコーラを飲みながら怒っていた。私はそういう仲間たちの姿を眺めながら、こういうのが味わいなんだよ。ドラマティックなものよりずっとずっと語るに値するよ。と、いつも思っていた。

依存症の回復は、足↓耳↓目↓口の順番だとも言われる。行く場所が変わる、そうすると聞こえてくる言葉が変わる、世界の見え方が変わる、最後に話す言葉が変わる。そうやって、私と仲間たちは「今日一日」を紡ぎ続けて来た。

つい先日、語りの名手であるIさんが亡くなった。享年89。私を最初にＡＡに誘ってくれて、私を初めて語りで泣かせた人だった。私の仲間は頻繁に見送らなくてはならないため、年に1回合同追悼会をしている。個別に葬儀に行くとつら過ぎるから。自分に何かできたのではと思ってしまうから。なんで自分じゃなかったのだろうと責めてしまうから。遺された者が抱くサバイバーズギルトと呼ばれる罪悪感と共に生きるため、故人を悼むため、年に1回、必ず祈る日がある。けれどIさんの葬儀は皆が行った。老若男女の依存症者たち。皆泣きながら嬉しそうだった。長きに亘るアルコール依存の後遺症で幾つもの持病はあったけれど、Iさんはざっくり言えば老衰だった。クリーンは30年以上続いていたのに最期まで自助グループに通ってくれた。離婚され子どもたちも会ってくれなくなっていたIさんは自助グループから帰ったら必ず料理をすると言っていた。「俺には仲間しかいないだろ。だから自助グループの後に独りの部屋に戻ると寂しくなっちゃうんだよ。それでまだ飲みたくなる。だから料理すんだ。手順決めて次々こなす事があるから余計なこと考えずに済む。みりんを使わない料理って色々あるんだぞ」

薬物依存の仲間も来ていた。強面《こわもて》のその仲間は顔をぐっちゃぐちゃにして嬉しそうに泣いていた。「月美ちゃん、良かったよな。『覚醒剤やめますか？ それとも人間やめますか？』ってあんだろ。俺は即答するよ、人間やめたいからクスリやってんだ！ って。でもさ、あいつは人間になって死ねたな。ほんと良かったよ。ほんっとに良かった」

Iさんは精神科で初めて会った私に、「あんた何やってんだい？」と聞いてきて、私が「大学生なんですけどウツで休学中で……」とモジモジ答えると、「そりゃあ、いい！ ウツ休みも夏休みも似たようなもんだ！」と言って自助グループに誘ってくれた。「何やってんだい？」って、酒かクスリかってことだったんだよね。20年経ってようやく気づいた私は葬儀の帰り道、皆と一緒にソフトクリームを舐めた。やっぱり、糖質オフは味気ないよＩさん。

オーバードーズ

初めてもらった紙のファンレターは東京拘置所から来た。出版社の編集部に届いたものを転送してもらい、中を開けたらそう書いてあったのだ。差出人はクレプトマニアと呼ばれる万引きの依存症で『ウツ婚!!』を万引きして捕まったのですが、お店の人に頼んで代金を支払った末、本と一緒に拘置所にいます」とのことで、全く私のせいではないのだけれどなんかごめんなさいって感じになって、私は拘置所まで会いに行った。会いに行けるアイドル、どころか、会いに来てくれる著者、である。

初めて面会室で会う彼女はカランカランに痩せていて首から点滴をぶら下げていた。過食嘔吐癖があり体重が足りず医療刑務所に送られるか否かの瀬戸際で栄養剤で頑張って体重を増やしているのだと言った。私の来訪に驚き喜び、少ない面会時間の中で本の感想をたくさん伝えてくれた。私が「何か差し入れましょうか?」と聞くと申し訳なさそうに「売店に高カカオのチョコがあれば……」と言うので、そんな気の利いたもの絶対ないだろ、と思いつつ面会後に東京拘置所一階の売店に寄ると、あった。「カカオ72%チョコレート」と1万円を差し入れて帰った。

クレプトマニアの子に会うのは初めてではなかったし過食嘔吐癖のある者が多いのも知っていたし、私たち依存症者は結構塀の中に入っちゃう子も多かったので、そこまで衝撃はなかったのだがやっぱり切ない。彼女にはもう一度会いに行き、そこから地方の女子刑務所に送られ、私と彼女は数ヶ月に1回くらい手紙のやり取りをして、彼女が出所した。

「出所祝いをしよう！」ということになり、私は彼女の住む施設の側までまた会いに行ってカラオケでお祝いをした。つくづく希少価値のない著者である。私がカラオケを指定したのは別に歌いたいからではなく人に聞かれたくない話もあるだろうからという配慮だったけれど、彼女は「何歌います？」と言ってデンモクを渡してくれ、「でもコブクロの『桜』だけはやめてください。中に入っていたとき、体操前の音楽だったんです」と真面目に頼むので笑ってしまった。

彼女の生い立ちやその他の葛藤はもらった手紙の中で知っていた。何年も万引きがやめられず病院にも自助グループにもカウンセリングにも通っていたし、今も更生施設に住んでいる。私の本を盗んだときも執行猶予中であり、何度捕まってもやめられない、やめたい、本当にやめたいけど、やってしまう自分が怖くて堪らない、と彼女はカラオケボックスでも言っていた。まぁそうだよな。彼女の学歴や職歴から鑑みれば能力的には女性の平均年収にゼロを1個足したくらいに稼ぐ人だし、それらをすべて失うのにやっちゃうなんて病気だよなぁとしみじみしてしまう。でも彼女はそんな私のある意味理解を示す態度に感謝しながらも、「犯罪ですから」と何度も言った。「わたしの生い立ちやかつての職場でのストレスなどには再犯しないために向き合っています。けれど罪は罪です。意味なんてありません」。それで私は、あぁこの人好きだなと思ってしまったのだ。「最初は家庭環境とか仕事のやり切れなさとか、わたしを犯罪に走らせる動機があったのかもしれません。けれどここまで来たらもう何もないんですよ。ただやめられなくなっている。それだけです」。めっちゃ好きだわと思った。彼女は万引きGメンに「どうせ『見つけてくれてありがとう』とか言うんでしょ」と言われたらしい。私も摂食障害仲間で万引きをしてしまう子が「誰かに見つけて欲しいのに見つからない」と言うのを聞いていたので、そういうものかと思ったりしていたけれど、彼女は「そうだとしても罪は罪です」と譲らなかった。彼女は罪悪感ではち切れそうで、私が少しでも彼女を擁護するような発言をすると露骨に嫌がった。

「月美さんが本を書いて良かったことはなんですか?」。あなたに読んでもらえたこと、みたいな薄ら寒いセリフが許されるような空気ではなかったし、私が書いた本を盗《と》って刑務所入ってんだし、と思い私はやけに正直に答えてしまった。「お葬式に来る人が増えたことです」。本音だった。

私は何度も自殺未遂をしており、いまだ希死念慮がバンバン来る。けれど今は子どもがいるから死ねない。むしろ人生の目標は「長生き」になった。幼い子どもたちは私が死んだら絶対悲しむ。それにどんな毒母でも子ども自身の整理が付かないうちに逝かれてしまうと結構クル。死者に鞭《むち》打つことはしづらく、それよりも「死ね！　クソババア！」とか言ってた方が健康的だし、恨みつらみも「あなたにされたコレが嫌だった。アレが苦しかった」と面と向かって言えた方がまだマシだろう。だから私は長生きすると決めている。目標は150歳。

でも、「事故」っちゃうことがあるのも仲間たちと過ごしてきて知った。私はたくさんの仲間を亡くしたけれどすべて「事故」だと思うことにしている。吐瀉物《としゃぶつ》が喉に詰まっちゃった子。深く切りすぎちゃった子。見つかるのが数時間遅れた子。彼岸《ひがん》と此岸《しがん》の境はほんのわずかで、私は此岸にいる自分と彼岸にいる仲間たちとの違いがわからない。だから、きっと事故っちゃったんだ。そう思うことにしているけれど、ということは自分がいつ事故るかもわからないってことだ。

そして、前振りの割にものすごくチンケなことでずっと悩んでいた。本を書くまで私にはほとんど友人知人がおらず仕事関係者みたいなものも皆無だ。昔のバイト先の店長とか私の方が覚えていない。だからもしも自分の葬式があったらマジで呼ぶ人いないのでは⁉親族は来るだろうけれど、それ以外誰も来なかったら子どもたちが「ママって友だち居なかったんだ……」とショックを受けるのでは⁉　と、どうでもいいことをかなり真剣に悩んでいた。でも今は絶対編集さんたちが来る自信がある。あの人たちは会社員だから別に私のことを好きじゃなくても業務の一環で絶対来る。それだけで私はちょっと自信がついて、自分の葬式に来る編集さんたちの姿を思い浮かべながら希死念慮を和らげたりしているのだった。でも私の編集さんって結構ご年配の方が多いんだよね……。頼むからうちの子たちをガッカリさせないために長生きしてくださいい……。

そんなことを思っていますと、そのまま彼女に伝えたら「絶対わたしも行きますから！」と強く手を握ってくれた。ありがたいけど、なんなんだコレ。

私がやめたいのにやめられなかったのがオーバードーズ、処方薬の過剰摂取だった。あんなに怖くて威張って偉そうだった父親は、私が胃洗浄から帰ってくるたび小さくなって、ちゃぶ台に気の抜けたビールを置いて肩を丸め、「もうやめろぉ。もうやめようよ、月美」と目を細めて呟いた。ごめんなさい、ごめんなさい。やめられるならやめたいけれど、処方薬を前にするとむさぼってしまう。ならば、と全部捨てたら首を吊った。処方薬の離脱症状に耐え切れなかった。私はどんどん詰まりで、自分が死にたいのかどうかもわからなくなっていて、ただ現実を見ることが怖くて堪らず、布団に潜り込み、過食をして、昼夜逆転になっていつの間にか溜まっていた処方薬を流し込んでいた。たまに適当な病院に行って、「最近どうですか」とDr.に聞かれても言葉にならず、多めの処方をしてもらう。

自分の部屋で、処方薬を眺めた。毎日飲まなかったら私は首を吊る。けれど溜め込まない自信がない。布団から手を伸ばし、またこれを流し込んで、救急に運ばれ、太くて苦しいチューブを突っ込まれながらあの竹炭の匂いで目が覚める。もう嫌だ。こんな人生うんざりだ。そう思えば思うほど処方薬は手招きする。自業自得かもしれないけれど、それは堪らない恐怖だった。

私は自分に期待するのをやめた。自分の人生に対しての期待を捨てた。それくらい怖かった。自分が信用ならなかった。そして、「処方薬を適量飲んだらそれで良し」と決めたのだ。実家は当時日経新聞を取っており、日経新聞には月に1回カレンダーがおまけでついてくる。それを壁に貼って「過剰摂取しなかったら」、その日にニコちゃんマークを描いた。どれだけその日が最低最悪でも。ウツでも、寝込んでても、過食しても、風呂に入らなくても、親と喧嘩しても、「処方薬を適量飲んだら」もう私のこの日は十分だ。生産的なことはもちろん、散歩すらもしなかった。それでもニコちゃんマークを描き続けた。翌月になったらカレンダーの横にまた新しいカレンダーを貼って描いた。1年が経った。それでも続けた。やめるのが怖かった。私の部屋は天井まで日経新聞のおまけのカレンダーでいっぱいになり、全部の日にニコちゃんマークがあった。2年目が過ぎて、私は夫と結婚し、新居にもそのカレンダーをすべて持って行って貼った。夫に気味悪がられた。3年目にようやく外せた。3年間毎日カレンダーに描き続けた。ただそれだけの話。

その行為に効果があったのかどうかもよくわからないし、モチベーションは恐怖と危機感だけ。でも部屋中に貼られたカレンダーは確かに私が生きようとして生きたあかしだった。今ではちょっと恥ずかしくもある。処方薬で酔っ払ってたんだろうし、幼くて、ベタで、恥ずかしい。

彼女がカラオケのトイレに行っている間にぼんやりそんなことを思い出していたら、戻ってきた彼女は顔を赤くして、「鍵かけてなくて開けられちゃいました！　刑務所ってトイレの鍵ないから忘れちゃうんですよ！」と勢いよく言うのでまた笑ってしまった。

「わたし、絶対月美さんのお葬式行くんで！」。帰り際にもう一度繰り返した彼女に、「長生きしますが、どうぞ忘れずによろしくお願いします」と頭を下げて私は駅の改札に向かった。振り返るとまだ彼女は佇み見送ってくれていたので、私は走って彼女の元に戻り、「あの、葬式は娑婆で行いますんで、そこんところもどうぞよろしくお願いします」と言うと、彼女は理解しウ〜ッと顔を歪めたあと、「はい！」と言ってようやく笑った。

仕事

幸せなんてもうとっくに望んでおらず、自分がそれに値する人間だとも思わない。ただ少しでもマシに、少しでも楽になりたくて、私は私を書く。

「ママは子どもの頃、どんな大人になりたかった？」。娘に尋ねられ、そうねぇ少なくとも今のようになりたくはなかったよ、という返答を喉元で抑え、「あなたのママになれて嬉しい」と論点をずらしてけむに巻いた。

普通に生きて普通に壊れてきた気がする。思春期や反抗期と同じくらい当たり前に暴力や障害があり、当たり前に病気になるくらいには世間と足並み揃わぬことが苦痛で、多くの人が当たり前にしていることがしたくてその一つが働くことだった。若い頃は有り余るエネルギーとまさにその年齢のおかげで働けた。だが40歳の今、私には書くという不安定な営みしか残されていない。事実、ここ10年で私が採用されたのはコールセンターのアポインターのみで、喜び勇んで行ったらオシャレに言って「闇バイト」、ハッキリ言えば「詐欺」の現場で辞退した。私にとって書くことは崇高な理念などなく労働で、しかしようやくありついた労働だった。

ケアワークが尊いことに異論はなく、専業主婦や母親業を私は大いに肯定したい。けれど私個人に限っては、妻や母という誰かに付随する役割にしがみついただけで、胸を張れるほど家事育児が得意なわけでも向いているとも思えず、このままでは私だけでなく家族も壊しかねない危機の渦中に書く機会が与えられ、取るものも取り敢えずそちらにしがみつき恥を書き散らしている。「結婚して子どもを産んですっかり回復しましたね」。ステレオタイプな回復像を喜んでくれる善意の人たちの前で私は取り繕うだけに必死で、いつすべてをクラッシュさせるか怯え、「贅沢な悩み」という言葉に反論する余裕もなくポーズを取り続ける緊張感の中、震え痺《しび》れるこの無理な姿勢が崩れ落ちれば私は愛する人たちを巻き込み取り返しのつかないことをするだろうと嫌な確信だけがあった。

「つながりが大事」という人たちは昨今大勢いて、その通りだとも思う。しかし、どこへ行っても誰と会っても上手くいかず、人間関係というものがもっとも苦手で負担である私にはその大事な「つながり」に関して完全に弱者である。人間嫌いという種族ならよかったのだが私は人が好きだ。幼稚なほど寂しがりで幼稚なほどコミュニケーションが下手で、「弱さでつながる」と言われても自分の弱さを嫌悪していて、場を壊し関係を壊し自分を壊しそれでもつながりを希求している。自分が自分であることに罪悪感を覚えずにはいられない。

　オシゴトはその点、つながりなんて曖昧なものよりも何が求められているのかが理解しやすくそれに応えていけば良いのであって、私は働きたかった。労働でつながりたかった。書きながら私は安全に壊れていった。たった一人で書く間、私はいくらでも絶望でき嘆きながら渇望でき、リストカットをしたことはないけれど体を切り刻むような感触を確かに持って言葉を紡ぎ続けている。苦しみはあれど安心した。自分のような人間を断罪する行為も、これが労働であるという建前によりゆるされるようだった。私はなるべく周りに迷惑をかけず壊れたままでいたかった。それが私の普通の在り方のような気もした。

　働けない者の苦しみはあまり知られていない。「選ばなければどんな仕事でもあるだろう」「福祉に頼ればいい」「働かない生き方もある」。そんな風に言われたりする。私は仕事から選ばれず、福祉はいつか働けるようになるための猶予であり、働かない生き方には高度なコミュニケーション能力が必要だった。

「王子様と結婚しました。めでたしめでたし」とならないことくらい現代の読者なら誰でも知っているけれど、「専業主婦になんか絶対なれない」と勤めに出る女性たちの多くが婚姻の有無を問わず嘲笑交じりによく口にすることはそれほど知られておらず、王子の求婚をはね除けドレスデザイナーになった女性の物語は作られても、灰を被ったまま技能を持たぬ女性が家庭に埋没する以外のハッピーエンドはいまだ目にしない。

脳の認知資源の関係で私は一日2、3時間ほどしか書けず、その2、3時間のために家事育児を疎かにし、ぼんやりと上の空で次の原稿のことを考えており、子どもたちに「ママどうしたの？」と心配をかける。少なくともこんな人間になりたいわけがなかった。誰かを幸せにしたり、自分が幸せになったりすることに疑いを持たず暮らしていけるはずだと、そう教えられてきたし、若き日の私は「こんなことに負けてたまるか、絶対幸せになってやる」とも思った気がする。けれど、どこかのタイミングで私は幸せより一人壊れ続けることを選んだのだ。その方が自然だとも。

「大人になったら何になりたい？」という課題を娘も息子もちょくちょく持ち帰ってくる。他の園児や児童の答えを見れば、おおかたそれは職業であり、「お嫁さん」や「お母さん」といった答えはなく、性別役割分業が解体して行く様を小気味良く眺めながら自分が時代遅れの存在になっている引け目も感じ、しかし職業に集約されることの薄気味悪さも覚える。

働きたいと壊れたままでいたいとを矛盾なく願う私は、子どもたちに「自分がこの自分で良かったって思える大人ならなんでもいいんじゃない？」なんてどの口が言うかという理想を本心から伝え、また自己嫌悪に苛まれながら子どもたちを寝かしつける。

一人で寝るようになった娘は夜中に目が覚めると私のところに来て「ママ、おやすみ」とつながりを確認したいだけの言葉を投げかけ、私も「おやすみ」と手をつなぎながら娘を部屋まで送る。このしっとりとした手だけでなぜ満足しないのだろうと責め、この手を守るためにに書くのだと焦り、こんな感情が伝わったらと怖くなって手を離す。

「おやすみなさい、また明日」。娘の部屋のドアをそっと閉め、息子に布団をかけ直し、自分の目が冴えきっていることにうんざりしながら、ひっそり祈る。どうかあなたの明日が幸せでありますように。おやすみなさい、また明日。

エピローグ

物書きになってから一度だけ、酷いハラスメントに遭ったことがある。笑ってしまうくらい典型的なモラハラで、いまだ笑えないのが非常に残念だ。仕事相手から受けたその被害に編集者は最善で迅速で適切な行動をとってくれ、私は社会的になんのダメージも受けないで済んだ。あとは私個人のダメージだけだった。

しばらく文章が書けなくなった。万年出不精で金欠の私はいくつかのカウンセリングに行った。どこもとても良かった。けれどカウンセリングは保険適用外で結構な金額がかかり、電車の乗り継ぎも困難で、定期的に通うことは叶わなかった。

家事をし育児をし、食べ物を貪り、加害者を全ブロックしたＳＮＳを眺め、ただひたすらに嫌だった。こんなことで、こんなにもくだらないことで、ダメージを受けている自分が嫌だった。早く忘れてしまいたかった。何事もなかったように淡々といい文章を書いて認められたいと願った。怒る自分も恨む自分もみっともなく弱い気がして情けなかった。なのに。あろうことか、私は鮮烈に傷ついていたのである。私を傷つけるものはもっともっと大事なものであって欲しかったのに。

だから大事なことは書けるうちにすべて書いておこうと思った。40歳になってもまだくだらないことで私はバランスを失う。書けない間、水の中に潜っているような感覚だった。周りから音が消え、視界がぼやけ、死にはしないけれど息ができない。しかも決して美しい水ではなかった。重苦しい汚水の中を私は彷徨っていた。それは静かな体験だった。陸の者たちの喧騒から逃れ、私はまた自分が自分として存在しなくても全く誰にも関係がない孤独な静寂を漂い、このまま溺れて藻屑《もくず》になっていくさまが容易に想像できた。

でも私には子どもがいる。公園を駆け回り木の実を拾って渡してくれる子どもとの間に、そのときの私は薄い膜があるかのようで、ぼんやりと木の実を受け取りながら、あぁ私はしっかりと息をしなければならないのだと、私は私を取り戻さないと母もやれないのだと、その穏やかで美しい光景は私に痛切に知らせた。そして、周囲に助けを求めた。

私はおそるおそる手を伸ばし、それをたくさんの人がしっかりと握ってくれ、引き摺り上げられた私はようやく少しずつ書くことができるようになり、書いているうちに止まらなくなり、息を切らし書き上げたのが本書だ。

どうかたくさんの人に読んでもらいたい。私は大事なことをすべて書いた。

月美のおすすめ本・映画・漫画

1 モテ
『「自傷的自己愛」の精神分析』斎藤環（人文書）
『好き？好き？大好き？』R・D・レイン（詩集）
『腑抜けども、悲しみの愛を見せろ』（映画）
『まじめな会社員』冬野梅子（漫画）

2 美人
『顔の美醜について』テッド・チャン（SF小説）――（『あなたの人生の物語』収録）
『美人論』井上章一（随筆集）
『サンセット大通り』（映画）
『ブスなんて言わないで』とあるアラ子（漫画）

3 団地
『サウダーヂ』（映画）
『TOKYO TRIBE』井上三太（漫画）
『1984』ジョージ・オーウェル（SF小説）
『不実な美女か貞淑な醜女（ブス）か』米原万里（随筆集）

4 グルーミング
『二月の勝者』高瀬志帆（漫画）
『言えないことをしたのは誰？』さいきまこ（漫画）
『恋じゃねえから』渡辺ペコ（漫画）
『痴人の愛』谷崎潤一郎（小説）
『房思琪（ファン・スーチー）の初恋の楽園』林奕含（小説）

5 両親
『君は君の人生の主役になれ』鳥羽和久（人文書）
『吉本隆明1968』鹿島茂（人文書）
『ミヤザワケンジ・グレーテストヒッツ』高橋源一郎（小説）
『レッド』山本直樹（漫画）

6 体
『ザ・ホエール』（映画）
『フェミニスト現象学入門』中澤瞳他編（人文書）
『存在と無』ジャン゠ポール・サルトル（哲学書）
『ジェンダー・トラブル』ジュディス・バトラー（哲学書）

7 生活
『自分疲れ』頭木弘樹（人文書）
『縛らない看護』吉岡充、田中とも江（人文書）
『谷川俊太郎エトセテラミックス』赤塚不二夫他（劇画詩集）
『言葉を失ったあとで』上間陽子、信田さよ子（人文書）

8 Aちゃん

『生き延びるためのアディクション』大嶋栄子（人文書）
『その後の不自由』上岡陽江、大嶋栄子（人文書）
『28DAYS』（映画）
『ビッグブック』（AA ハンドブック）

9 優生思想

『パリの砂漠、東京の蜃気楼』金原ひとみ（随筆集）
『グロテスク』桐野夏生（小説）
『ハンチバック』市川沙央（小説）
『でぶのハッピーバースデー』本谷有希子（小説）――（『静かに、ねぇ、静かに』収録）

10 性被害

『当事者は嘘をつく』小松原織香（人文書）
『説教したがる男たち』レベッカ・ソルニット（随筆集）
『被害と加害をとらえなおす』信田さよ子、シャナ・キャンベル、上岡陽江（人文書）
『TAR』（映画）

11 社会運動

『真のダイバーシティをめざして』ダイアン・J・グッドマン（人文書）
『ヒーローを待っていても世界は変わらない』湯浅誠（人文書）
『アディクション・スタディーズ』松本俊彦編（人文書）
『当事者研究の誕生』綾屋紗月（人文書）
『社会を変えるには』小熊英二（人文書）

12 摂食障害

『なぜふつうに食べられないのか』磯野真穂（人文書）
『口の立つやつが勝つってことでいいのか』頭木弘樹（随筆集）
『食べ過ぎることの意味』ジェニーン・ロス（人文書）

13 婚活

『ウツ婚!!』石田月美（人文書）
『生きのびるための犯罪（みち）』上岡陽江、ダルク女性ハウス（人文書）
『激励禁忌神話の終焉』井原裕（人文書）

14 夫婦とお金

『自分ひとりの部屋』ヴァージニア・ウルフ（随筆）
『エスノメソドロジー』前田泰樹他編（人文書）
『黒い十人の女』（映画）
『女の人生すごろく』小倉千加子（人文書）

15 妊娠・出産

『スラップスティック』カート・ヴォネガット（小説）
『キングコング・セオリー』ヴィルジニー・デパント（人文書）

『マザリング　現代の母なる場所』中村佑子（人文書）
『ある協会』ヴァージニア・ウルフ（小説）

16 産後クライシス

『つみびと』山田詠美（小説）
『はじまりのことば』高橋亜美（詩集絵本）
『最貧困シングルマザー』鈴木大介（人文書）
『君は永遠にそいつらより若い』津村記久子（小説）

17 娘

『愛すべき娘たち』よしながふみ（漫画）
『欲望の鏡』リーヴ・ストロームクヴィスト（漫画）
『女生徒』太宰治（小説）
『母は娘の人生を支配する』斎藤環（人文書）

18 息子

『デザインあ』NHK−E テレ
『〈公正（フェアネス）〉を乗りこなす』朱喜哲（人文書）
『銀河ヒッチハイク・ガイド』D・アダムス（SF 小説）
『ヘルシンキ生活の練習』朴沙羅（人文書）

19 友だち

『家のない少女たち』鈴木大介（人文書）
「Planet Her あるいは最古のフィメールラッパー」九段理江（小説）――（『ユリイカ 2023.05 〈フィメールラップ〉の現在』収録）
『読んでない本について堂々と語る方法』ピエール・バイヤール（人文書）
『日本語ラップ名盤 100』韻踏み夫（批評集）
『ひとのこ』新井英樹（漫画）

20 自助グループ

『昔話の語法』小澤俊夫（人文書）
『私の日本語雑記』中井久夫（人文書）
『死よりも悪い運命』カート・ヴォネガット（随筆集）
『RENT』（映画）

21 オーバードーズ

『いまを生きるカント倫理学』秋元康隆（人文書）
『サルチネス』古谷実（漫画）
『空白』（映画）

22 仕事

『ポネット』（映画）
『シンデレラ』（映画）ディズニー　実写　2015 年版
『精神看護　2022.09 ――表現の中で安全に壊れること』（雑誌）
『pink』岡崎京子（漫画） 参考文献

本書は書き下ろしです

装画
beco+81

装丁
観野良太

石田月美

（いしだ・つきみ）

1983年生まれ、東京育ち。高校を中退して家出少女として暮らし、高卒認定資格を得て大学に入学するも、中退。2014年から「婚活道場!」という婚活セミナーを立ち上げ、精神科のデイケア施設でも講師を務めた。20年、自身の婚活体験とhow toを綴った『ウツ婚!! 死にたい私が生き延びるための婚活』で文筆デビュー、23年に漫画化された。

まだ、うまく眠《ねむ》れない

2024年7月30日 第1刷発行

著 者 石田月美《いしだつきみ》

発行者 大松芳男

発行所 株式会社 文藝春秋

〒102-8008 東京都千代田区紀尾井町3-23

TEL 03(3265)1211(代)

印刷所 理想社

製本所 大口製本

組 版 明昌堂

ISBN978-4-16-391878-5